여기는 안녕시 행복동입니다

한송희 소설

여기는
안녕시
행복동
입니다

팜 소설 시리즈 01

출판사 핌

주민등록증

김이순 (金耳順)

500815-2XXXXXX

경기도 안녕시 중앙로 45,
행복빌라 201호 (행복동)

2010. 08. 31.
경기도 안녕시장

317485

KOR 외국인등록증 RESIDENCE CARD

890124-6XXXXXX
외국인등록번호 Registration No.

ZHANG SHI QIN
성명 (장사신)
Name

PEOPLE'S REPUBLIC OF CHINA
국가/지역 Country/Region

결혼 (F-6)
체류자격 Status

발급일자 Issue Date 2013.04.01.

안양동안출입국·외국인사무소장
CHIEF, ANYEONG IMMIGRATION OFFICE

이 작품집은 한국문화예술위원회 2024년도 예술단체의
예비예술인 최초발표지원을 통해 제작되었습니다.

문을 열자 유정을 끌어안고 있는 남자가 보였다. 종규는 저 남자를 알고 있었다. 종규의 기억이 맞다면 저 남자의 이름은 정원석. 아이를 찾았다는 안도감과 함께 의문이 생겼다. 원석이 유정에게 이렇게 집착하는 이유를 도저히 알 수 없었다.

◆ 01

중앙동 동사무소는 최근에 새로 지어진 레이크스타 아파트 입주가 시작되면서 전입신고를 하려는 인파로 북적였다. 사람들은 동사무소 자동문 입구에서부터 정문까지 줄지어 있었다. 처음 동사무소로 출근한 원석은 직원용 출입구를 찾지 못해 허둥댔다. 결국 긴 줄을 따라 자동문 앞까지 걸어왔다. 문 안쪽에 있는 직원과 눈이 마주쳤다. 문을 열어 달라고 크게 손을 흔들었지만 문은 열리지 않았다.

"뭐 하시는 거예요?"

뒤에 줄 서 있던 민원인이 원석에게 따가운 눈총을 보내며 말했다. 줄 맨 앞에서 얼쩡거리는 게 새치기한다는 오해를 산 것 같았다.

"아, 죄송합니다. 직원입니다."

원석은 양해를 구했다. 오랜만에 만나는 낯선 타인과

열리지 않는 자동문, 안에 있는 직원들의 무료한 시선까지 괜히 웃음이 나왔다. 한 칸짜리 방 침대 위에서는 만날 수 없던 상황이다.

동사무소 벽면에 있는 전자시계가 아홉 시로 바뀌자마자 자동문이 열렸다. 동사무소는 큰 기역 자 모양으로 1번부터 5번까지는 행정 민원을, 6번부터 10번까지는 복지 민원을 보는 창구가 있었다. 가운데는 민원 대기 의자 세 줄이 배치되어 있고 자동문 근처에는 안내 데스크가 있었다. 사람들은 차례대로 번호표 발급기로 갔다.

"안녕하세요. 오늘 동사무소로 전보 받은 정원석입니다. 동장님 봬야 하는데 어디로 가면 될까요?"

원석은 방금 자동문을 연 직원에게 다가가 인사했다.

"엇! 직원분이셨구나. 죄송해요. 문을 열어 주면 민원인이 들어와서요. 최은혁입니다."

빳빳하게 다려진 셔츠, 검은색 정장 바지에 살아 있는 주름까지 딱 봐도 신규 공무원처럼 보였다. 동사무소 막내 업무는 자동문을 여는 것부터 시작이다. 원석은 자신의 신규 시절이 자연스럽게 떠올랐다. 원석은 매일 아침 부서 신문함에서 신문을 꺼내 테이블 위에 정리하는 일을 했었다.

"괜찮아요. 오늘 같은 날 공무원증을 깜빡했네요. 이따가 직원 출입문 좀 알려 주시면 감사하겠습니다."

"그럼요! 동은 처음이세요?"

"본청에서만 일해 봤습니다. 동 근무는 이번이 처음이네요."

"그렇군요. 동장님은 오늘 회의가 있어서 본청에 갔다가 조금 늦게 오세요. 이쪽으로 오세요."

"감사합니다."

은혁은 원석을 안내했다. 둘은 10번 복지 창구 끝에 있는 직원용 나무 출입문으로 들어갔다. 민원대 뒤로 사업을 담당하는 직원 책상이 놓여 있었다. 안쪽으로 가니 열 명은 앉을 수 있는 응접용 탁자가 나왔다. 은혁은 탁자를 가리키며 말했다.

"여기 앉아서 기다리시면 될 것 같아요. 회의가 오래 걸리진 않을 거예요. 한 이십 분에서 삼십 분? 마실 거라도 드릴까요?"

"물 한 잔만 부탁드립니다."

은혁은 고개를 가볍게 끄덕이며 탁자 뒤편에 있는 탕비실에 들어가 시원한 물 한 잔을 가져다 준 후 8번 창구로 돌아갔다. 원석은 탁자에 가만히 앉아서 주변을 둘러보았다. 동사무소는 정말 시끌벅적했다. 전입신고를 하려는 민원인이 많아 대기 의자가 부족할 정도였다. 창구마다 사람들이 바쁘게 업무를 보고 있었다. 복지 창구에는 모두 노인이 앉아 있었다. 8번 창구에 앉아 있던 할아버지가 일어났다.

"뭐라구?"

"신! 분! 증! 주세요!"

"뭐라구?"

"지갑! 없어요? 지! 갑!"

"뭐?"

할아버지 목소리가 동사무소에 쩌렁쩌렁 울렸다. 은혁도 마주 일어나 할아버지의 귀에다 대고 크게 소리쳤다. '신분증'이 안 들리면 '지갑'이라도 달라는 바람이 통했는지 할아버지는 바지 뒷주머니에서 지갑을 꺼내 창구 위에 툭 던졌다. 은혁은 살짝 한숨을 쉬더니 자리에 앉아 지갑을 열었다.

이때 자동문이 열리고 머리가 시원하게 벗겨진 아저씨가 들어왔다. 원석은 그가 직원용 나무문을 익숙하게 열고 들어올 때 동장이라는 것을 알아차렸다. 배에 간신히 걸친 벨트도 눈에 띄었다. 동장은 넉넉한 뱃살만큼 후한 인상을 줬다. 원석은 동장이 가까이 오자 의자에서 일어나 옷매무새를 가다듬었다. 오랜만에 입은 셔츠와 바지가 크게 느껴졌다. 동장이 원석에게 다가와 악수를 건넸다.

"아, 자네. 오래 기다렸나?"

"아닙니다, 동장님. 정원석입니다."

"얘기 많이 들었네. 서 있지 말고 앉게나."

동장이 들었다는 이야기가 무엇일지는 쉽게 짐작할 수 있었다. 정신 질환이 있는 직원이라거나 팀장의 지시를 무시하고 혼자 행동하다가 다친 직원 등 아마 긍정적인 평가는 아닐 것이다. 원석이 자리에 앉자 동장도 맞은편 의자를 꺼내 앉았다.

"저기 7번 창구 보이지?"

동장은 손을 뻗어 복지 민원 창구를 가리켰다. 원석은 동장의 손끝을 따라 시선을 옮겼다. 은혁의 옆자리가 비어 있었다.

"복지 창구가 비었네. 원래 있던 직원은 육아 휴직에 들어가 버려서 인수인계 받기가 좀 어렵겠어. 팀장은 지금 장기 재직 연수에 가서 이번 달 말까지 자리에 없을 걸세. 차석도 괜찮아. 성격 좋고 책임감도 강하고. 잘 지낼 수 있을 거야. 그리고 창구 업무야 다 똑같이 접수 받으니까 모르면 옆에 어떻게 하는지 물어보고. 괜찮겠나?"

동장은 속사포처럼 말을 뱉었다. 원석은 고개를 끄덕였다.

"네, 괜찮습니다. 시청에서 통합 복지 민원을 담당해서 어느 정도 알고 있습니다."

"그래? 다행이네. 그럼 여기 직원들이랑 인사 한번 하자고."

동장은 자리에서 일어나 박수를 몇 번 쳤다. 민원을 보느라 바쁜 직원 몇몇을 제외하고 시선이 모였다. 원석도 자리에서 일어났다.

"오늘부터 7번 창구에서 일할 정원석 주무관이야. 다들 잘 챙겨 줘."

"안녕하세요. 정원석입니다. 잘 부탁드립니다."

원석이 허리를 숙여 인사했다. 다들 가볍게 박수를 치며 원석을 환영했다. 동장은 원석의 등을 두어 번 두드리더니 저리로 가라는 듯 7번 창구를 가리켰다. 첫 번째 날이었다.

첫날 이후로 더는 자동문 앞에서 헤매지 않았다. 동사무소 정문 출입구를 왼쪽에 두고 건물을 따라 한 번 꺾으면 직원이 드나들 수 있는 출입문이 있었다. 엄지손가락을 도어락 위에 올리자 화면에 '1222님 반갑습니다'라는 문구와 함께 잠금장치가 열렸다.

신규 아파트 입주 여파로 북적이던 동사무소는 삼 주 정도가 지나자 민원인이 조금씩 줄었다. 그렇지만 길게 늘어선 줄만 없어졌을 뿐 아침 아홉 시 전부터 자동문 앞에는 민원인들이 문이 열리기만 기다리고 있었다.

복지 창구 업무는 간단한 증명서 발급, 각종 바우처를 제공하는 복지 서비스 접수, 복지 사각지대를 조사하는 현장 방문, 이렇게 세 가지다. 창구 외의 사업으로는 각종 단체에서 들어오는 기부 물품의 배부, 보건복지부에서 시행하는 국비 사업 추진, 동사무소에 소속된 단체와 진행

하는 사랑의 연탄 나르기나 김치 만들기 등의 봉사 활동과 행사 개최 업무가 있다.

오늘도 아홉 시가 되자 은혁이 자동문을 열었다. 문이 열리자 민원인들이 번호표를 뽑았다. 민원인의 손에 표가 쥐어질 때마다 원석의 모니터 화면에 숫자가 올라갔다. 원석은 민원인을 부르는 버튼을 눌렀다. 금세 동사무소가 '띵동' 소리로 시끄러워졌다.

02

현철은 인범과 함께 출동했다. 평화공원 화장실 안에 청소년들이 모여 담배를 피운다는 신고였다. 평화공원은 외진 곳에 있어서 그런지 불량 학생의 단골 탈선 장소였다. 현철은 중앙 지구대로 발령 난 후 한 달에 열 번은 이 공원에 출동했다. 옛날에는 취객을 상대하느라 몸이 힘들었다면 요즘에는 학생들을 훈계하느라 정신이 없었다. 화장실 안에 학생이 몇 명 있는지 알 수 없어서 입구는 인범이 막고 현철이 안으로 들어갔다. 공원 화장실은 긴 복도를 지나야 세면대가 나오는 구조였는데 복도까지 담배 연기가 자욱했다.

"모두 담배 내려놓으세요."

"아, 씨발."

머리를 바짝 깎은 남학생이 현철의 목소리를 듣고 욕을 했다.

"욕설도 그만하고."

현철은 키가 백팔십삼 센티미터에 다부진 체격이었다. 학생들은 현철을 보자마자 이길 수 없겠다고 생각했는지 쭈뼛거리며 화장실 타일 바닥에 담배를 비벼 껐다. 화장실 타일은 본래 무슨 색이었는지 알아볼 수도 없게 담배 자국으로 얼룩덜룩했다. 현철은 학생들에게 진심 어린 조언을 하고 싶었지만 참았다. 매번 듣는 시늉만 하다가 끝나기 일쑤였고, 눈물을 흘리며 반성하던 학생들도 며칠 뒤에 또 담배를 피우다가 걸렸다. 다행히 오늘은 세 명밖에 없어서 수월한 편이었다. 아무리 학생이라도 열 명 이상 몰려다니면 통제하기가 어려워 지원 요청을 해야 했다. 학생들끼리 벌인 패싸움에 경찰 여섯 명이 출동한 적도 있었다.

"여기 좀 안 오면 안 되겠니, 얘들아."

교복을 보아하니 주변에 있는 예고 학생들이다. 성인이 되면 담배를 피우든, 술을 마시든 그 누구도 신경 쓰지 않을 텐데 왜 교복을 입고 이런 일을 만드는지 답답했다. 인범은 특히나 이런 사건을 싫어했다. 학교나 가정에서 미뤄 둔 문제를 경찰이 뒤치다꺼리나 하고 있다고 생각했다. 오후의 첫 출동을 학생 비행으로 시작했으니 인범은 오후

내내 기분이 좋지 않을 게 뻔했다.

현철과 인범은 학생들을 경찰차에 태워 지구대로 복귀했다. 남학생 한 명이 차에서 내리자마자 아스팔트 바닥에 침을 퉤 뱉었다. 이런 장면도 하루 이틀 보는 게 아니었다. 어쩌면 이렇게 하는 행동이 다 똑같은지 우스웠다. 현철은 아무 일도 없다는 듯 학생들을 지구대 안쪽으로 인솔했다. 뒤따라 들어온 인범이 상담실 문을 열면서 말했다.

"여기 들어가서 앉아."

바닥에 침을 뱉었던 학생이 인범을 째려보는데 눈빛이 제법 날카로웠다. 하지만 그래봤자 학생이었다. 인범은 누군가 쉽게 까불 수 있는 인상은 아니었다. 강력 범죄 사건에 휘말려 눈 아래부터 턱 끝까지 이어진 긴 흉터에다 새카맣게 탄 피부 덕에 조금만 표정을 구겨도 험악해 보였다. 이제는 구레나룻 쪽에 흰머리가 났지만 그래도 절대 가벼운 인상은 아니었다.

인범은 부모님이나 보호자를 부르지 않으면 귀가할 수 없다고 알렸다. 학생들 표정이 볼만했다. '오늘 잘못 걸렸구나.' 내지는 '좆 됐다.'고 하는 속마음이 그대로 읽혔다. 인범은 상담실 문을 닫고 나왔다.

"안녕시의 미래가 밝다. 하루가 멀다 하고 술에, 담배에, 패싸움. 내 생각엔 애새끼들이 안 맞고 자라서 그래."

"그러게요. 요즘엔 집에서 손만 들었다 하면 아동 학대로 부모를 신고하는 애들도 있더군요."

현철은 인범의 말에 맞장구쳤다.

"그래, 저번에 원동 지구대에도 그런 일 있지 않았냐? 자기 아빠 아동 폭력으로 신고하고 칼 휘두른 남자애. 열일곱 살이었나?"

"맞아요. 뉴스에도 나왔잖아요."

인범은 세상이 참 이상하게 흘러간다며 고개를 저었다.

"내 새끼는 안 그래. 말을 얼마나 잘 듣는다고."

현철은 그 말에 웃음이 났다. 인범의 자식뿐만 아니라 대부분의 사람들이 그의 말을 아주 잘 들었다. 험악한 인상이 열심히 일하고 있는 걸 본인만 모르는 것 같았다.

학생들을 지구대에 데려온 지 한 시간도 되지 않아 두 명의 부모가 아이를 데려갔다. 본인이 죄를 지은 것처럼 허리를 숙여 인사하는 부모를 보자 인범의 마음이 좋지 않았다. 인범은 평소처럼 투덜거리지 않고 그저 '가정에서 한번 꾸짖어 주세요.' 하고 말했다.

노을이 지던 하늘이 점점 어두워졌다. 골목길 가로등에 불이 들어왔다. 지구대 문이 차량 라이트로 환하게 밝아지더니 마지막 학생의 보호자가 들어왔다.

"아니, 애를 왜 잡아 놔요? 그냥 훈계 한마디 하고 돌려보내면 될 것이지."

남자가 문이 열리기가 무섭게 버럭 화를 냈다. 검정색

정장을 입고 있는 걸 보니 여태 일을 하다가 온 것 같았다.

"예?"

"바빠 죽겠는데 오라 가라 난리냐고! 부모들이 다 그쪽처럼 한가한 줄 알아?"

"하, 참."

지구대 안내 데스크에 기대어 뉴스를 보고 있던 인범의 표정이 바로 험악해졌다. 소리를 치던 남자도 인범을 보더니 흠칫했다. 현철은 앉은 자리에서 재빠르게 일어나 인범을 사무실 안쪽으로 밀어 넣고 문을 닫았다. 그러고는 곧바로 상담실 문을 열고 들어가 학생의 어깨를 잡아 끌다시피 해서 남자 앞으로 데려왔다.

"바쁘신데 얼른 데려가세요."

남자는 학생을 보자마자 머리를 쿵 하고 쥐어박더니 들리지도 않는 목소리로 구시렁거리며 지구대를 나갔다. 현철은 사무실 문을 살짝 열었다. 문 앞에는 인범이 얼굴로 '무슨 짓이냐?'고 묻고 있었다. 현철은 어색한 미소를 지으며 본인의 자리로 돌아가 사건 일지를 작성했다. 더 이상 사건이 일어나지 않기를 바라면서 '청소년 비행 출동 1건, 훈방 3명'이라고 입력했다. 이때 인범과 현철이 차고 있는 무전기에서 소리가 났다.

"중앙 지구대, 중앙 지구대! 여기는 경 11."

"여기는 중앙 지구대."

인범이 조끼에서 무전기를 꺼내 들고 대답했다.

"안녕대학교병원 앞 사거리에서 교통사고 발생, 지원 바랍니다."

"확인했습니다. 바로 출발하겠습니다."

현철은 바로 차 열쇠를 챙겨 자리에서 일어났다.

"계장님, 가시죠."

"그래."

현철과 인범은 사고 장소에 도착했다. 사건 현장은 말 그대로 처참했다. 대학 병원 앞에서 발생한 사고여서 피해자를 바로 이송할 수 있었음에도 불구하고 피해 차량 탑승자의 생존을 장담하기 어려워 보였다. 삼 톤 트럭 앞 유리창은 모두 깨져 있고, 트럭과 부딪힌 SUV의 앞면은 종잇장처럼 납작 눌려 있었다. 세상을 창조한 신이 아닌 이상 운전석과 조수석에 있는 사람을 살려 내기는 힘들 것 같았다. 앞쪽에 모든 충격이 가해졌기 때문인지 뒷좌석은 비교적 형태가 남아 있어서 소방대원이 뒷좌석 문을 뜯어내려고 애쓰고 있었다. 현철과 인범은 현장에 먼저 나와 있던 경찰에게 다가갔다.

"어떻게 된 겁니까?"

현철이 물었다.

"트럭 기사가 음주 운전을 한 것 같습니다. 그 사람도 기절해서 지금 응급실에 있는데 소방대원 말로는 차 안에서 술 냄새가 났다고 하네요."

"뭐? 이런 미친 새끼를 봤나! 트럭을 끌면서 음주 운전?"

인범이 버럭 소리쳤다. 현철은 흥분한 인범을 살짝 뒤로 밀어내며 다시 물었다.

"저희가 뭘 도와드리면 될까요?"

"피해 차량에서 구조자가 나오면 신원 확인이랑 후속 조치 좀 해 주세요. 저희는 트럭 운전자 쪽을 조사해야 해서요. 도로 통제는 서에 요청했습니다."

경찰관이 SUV 차량을 가리키며 말했다.

"네, 알겠습니다."

현철이 대답했다. 경찰관은 목례를 한 뒤 본인 소속 경찰차로 뛰어갔다. 인범은 구조현장으로 달려갔다.

"들것!"

뒷좌석에서 구조하고 있는 소방대원이 소리쳤다. 밖에 있던 소방대원 여러 명이 일사불란하게 움직이며 들것에 사람을 옮겼다. 안녕대학교병원에서도 이송 침대를 끌고 나왔다. 소방대원이 침상에 구조자를 바로 올리고 응급실을 향해 뛰었다. 인범도 거기에 따라붙었다.

"아이, 아이는 괜찮…."

"말하지 마세요!"

삼십 대로 보이는 단발머리 여자였다. 머리카락이 피로

젖어 얼굴 옆에 달라붙어 있었다. 자동차 파편에 찔렸는지 목에서 나오는 피가 멈추지 않았다. 침상을 밀던 간호사가 환자 위로 올라앉아 상처를 압박했다. 흰색 거즈가 빨갛게 물들었다. 한 사람의 무게가 추가되었지만 침상의 속력은 줄지 않았다. 응급실 입구가 열렸다. 인범은 응급실 문까지 침상을 밀어 넣고 다시 현장으로 뛰어갔다.

"아이 받아!"

곧이어 소방대원에게 구조된 여자아이도 응급실로 옮겨졌다. 아이는 충격에 정신을 잃은 것 같았다. 옷이 피로 얼룩덜룩했지만 아이의 피는 아닌 듯싶었다. 목에 걸려 있는 미아 방지용 목걸이가 인범의 눈에 띄었다. 목걸이에는 '최유정♥'이라고 적혀 있었다. 소방대원이 더 이상 요구조자가 없다는 표시를 했다. 앞좌석에 있는 사람들은 이미 숨을 거두었다. 소방대원 한 명이 현철에게 다가왔다.

"차량 내부에 있던 소지품입니다."

"감사합니다."

현철은 커다란 라탄 가방을 받았다. 가방 안에는 보온병, 과자, 손수건, 지갑이 들어 있었다. 현철이 꺼낸 지갑을 인범이 가져갔다. 지갑을 열자 종이 뭉치가 툭 떨어졌다. 영수증이었다.

"놀이공원 입장권, 식당, 카페, 휴게소 영수증이네요."

현철의 목소리가 무거웠다. 인범은 신분증 사진 속 여자를 바라보았다. 아까 응급실로 옮겨진 그 여성이 맞았다.

"피해자 맞네. 이름 문다연. 아이 이름은 최유정. 목걸이에 적혀 있더라."

사건 현장은 점차 정리되고 있었다. 트럭이 레커차에 실렸고, SUV 차량도 견인 작업 중이었다. 이제 현철과 인범은 지구대로 돌아가서 사망한 피해자의 신원을 파악하고, 남아 있는 가족에게 연락을 돌려야 했다.

"계장님, 저희도 이동하죠. 병원 쪽에 신원도 알려 줘야 하고."

"그러자."

현철은 학생들이 담배를 피운다던 신고가 그리워졌다.

03

오늘 원석의 업무는 복지 대상자에게 쌀을 배부하는 일이
다. 원석은 복무 시스템에 출장 신청서를 올렸다. 배부 업
무를 함께할 사람은 일 톤 트럭을 운전해 줄 운전직 오정
태 주무관과 복지팀 차석 박정민 주무관이었다.

　동사무소에는 대형 면허를 취득한 운전직 주무관이 한
명씩 배정되어 있다. 오정태 주무관은 오늘처럼 쌀을 배
송하기 위한 트럭부터, 비상 급수 지원에 필요한 탱크로
리, 단체 행사가 있을 때 대형 버스까지 다양한 운행 업무
를 수행했다. 게다가 안녕시 토박이라 골목길을 빠삭하게
알고 있어서 길을 헤매지 않아 직원들이 좋아했다.

　박정민 주무관은 안녕시청에 입직한 지 벌써 십오 년 차
인 베테랑이었다. 동글한 얼굴, 큰 눈동자, 자주 짓는 미소
까지 부드러운 인상을 주는 그는 민원인이 억지스러운 요

구를 할 때면 직원 편에서 적극적으로 나서 주는 책임감 있는 선배이기도 했다. 하지만 업무를 할 때 법에 맞지 않는 것이라면 조금의 융통성도 허용하는 일이 없어서 엄격하다는 평도 자자했다. 원석은 오늘 처음으로 정민과 함께 출장을 나가는 거라 긴장이 되었다. 원석은 배부처 명단을 세 부 뽑아서 출장 가방에 챙기고 자리에서 일어났다.

"은혁 주무관님, 저 다녀올게요."

"네, 조심히 다녀오세요."

원석은 공무원증을 목에 걸며 은혁에게 인사하고, 정민의 자리로 갔다.

"주무관님, 이제 가시죠."

"네, 잠시만요."

정민은 몇 가지 서류를 정리한 후 자리에서 일어났다. 원석이 정민과 함께 동사무소 건물 밖으로 나오자 쌀 포대가 가득 실린 트럭이 문 앞에 서 있었다.

"오늘도 잘 부탁드립니다."

원석은 오정태 주무관에게 인사했다.

"예, 얼른 타세요."

일 톤 트럭은 뒷좌석이 없는 형태였다. 왼쪽부터 오정태, 정원석, 박정민 순서로 나란히 앉았다. 원석은 자리에 앉자마자 가방 속에서 배송지 리스트를 꺼내 둘에게 건넸다.

"오늘 가야 할 곳입니다."

"매번 가는 곳이네요. 멀리 있는 곳부터 시작하죠. 거기가 좀 험하잖아."

정태가 말했다. 원석은 고개를 끄덕였다.

"그럼, 출발하죠."

정민의 말이 끝나기 무섭게 트럭에 시동이 걸렸다. 원석은 재빠르게 안전벨트를 착용했다.

중앙동은 구시가지라 골목골목이 좁았다. 빽빽하게 들어선 단독주택과 고시원, 빌라 때문에 주차할 공간을 찾기가 어려웠다. 도로에는 불법 주차된 차량이 많아서 트럭 진입이 쉽지 않았다. 정태는 배송지에서 최대한 가까운 곳에 차를 세웠다. 차가 들어갈 수 없는 골목 사이로 쌀을 배달하는 건 주무관의 몫이었다.

세 사람은 트럭에서 카트를 내려 쌀 포대를 두세 개씩 옮겨 담았다. 그리고 카트를 끌고 가서 배부하고 다음 장소로 이동하기를 반복했다. 기초 생활 수급자와 독거노인에게 나가는 쌀이다 보니 배송지가 반지하나 원룸, 단독주택에 쪽문을 달아 개조한 방, 세 평이나 될까 싶은 고시원, 여인숙이 대부분이었다. 당연히 엘리베이터가 설치된 곳은 한 곳도 없었다. 아직 사월 초라 꽃샘추위가 기승을 부렸지만 세 사람의 옷은 땀으로 흠뻑 젖었다.

바쁘게 움직이다 보니 어느새 해가 뉘엿뉘엿 졌다. 이제 동사무소에서 가장 가까운 빌라만 남았다.

"이제 마지막 집이네요."

정태가 후진 기어를 넣으며 말했다.

"그러게요, 모두 수고하셨습니다. 마지막 집은 제가 다녀오겠습니다."

원석이 대답했다. 정태는 트럭을 빌라 주차장에 주차했다.

"그래요. 그럼 전 담배나 한 대."

정민이 담배 한 개비를 손에 쥐고 내렸다. 마지막은 소망빌라에 거주하고 있는 조영자 할머니 집이었다. 원석은 마지막 집이 반지하여서 그나마 다행이라고 생각했다. 오늘 하루 종일 쌀을 옮겼더니 팔다리가 후들거렸다. 내일이면 분명 근육통에 시달릴 것 같다는 생각을 하며 천천히 계단을 내려갔다. 계단을 한 칸 한 칸 밟을 때마다 반지하 특유의 꿉꿉한 냄새가 심해졌다. 처음에는 곰팡이 냄새가, 그 뒤에는 음식물 썩은 냄새가 났다.

원석은 마지막 계단 위에 쌀 포대를 내려놓고 주변을 살폈다. 문 앞에는 잡다한 생필품이 얼기설기 쌓여 있었는데 먼지가 뽀얗게 앉아 있었다. 무엇보다 이상한 건 지난달에 배부한 쌀 포대가 아직도 문밖에 있다는 점이었다. 원석은 배부 명단에 적혀 있는 번호로 전화를 걸었지만 '전화기가 꺼져 있어 소리샘으로 연결됩니다.'라는 기계음만 흘러나왔다.

"계세요! 조영자 할머니! 동사무소에서 나왔습니다!"

원석이 문을 세게 두드렸다. 집 안 소리를 듣기 위해 문에 귀를 바짝 붙였다. 조금 기다려 봤지만 아무 소리도 없었다.

"아무도 안 계세요?"

원석의 목소리가 갈수록 커지자 밖에서 담배를 피우던 정민이 내려왔다.

"무슨 일이에요?"

"여기 좀 이상하지 않아요?"

원석은 쌀 포대를 가리키며 말했다.

"저번 달에 가져다 둔 쌀이 그대로 있어요. 민원인 전화기는 꺼져 있고."

정민은 원석이 가리킨 쌀 포대를 살짝 들었다. 밑부분을 쥐가 파먹었는지 검게 썩은 쌀이 흘러나왔다. 쌀 삭은 냄새가 확 풍겼다. 정민은 한숨을 푹 쉬었다.

"원석 주무관, 여기 민원인이 몇 살입니까?"

"육십칠 세요."

"지병이 있으셨나요? 확실한 건 문을 열어 봐야 알겠지만, 고독사 같아요. 자식들이랑 한 달 동안 여행이라도 갔으면 모를까. 문 열려면 경찰한테 연락해야 해요. 올라가죠."

정민과 원석은 빌라 밖으로 나왔다. 정민은 경찰서에

전화를 걸었다.

"안녕하세요. 수고하십니다. 안녕시 중앙동에서 근무하는 박정민입니다. 다름이 아니고 민원인 집을 방문하다가 고독사가 의심되어서 연락드렸습니다. 문 따고 들어가야 할 것 같은데, 현장으로 와 주실 수 있으십니까?"

정민과 원석이 차에 타지 않자 정태가 창문을 내리고 물었다.

"무슨 일이에요?"

"아, 주무관님. 일이 생겼어요. 여기 할머님이 한 분 사시는데 한 달 전에 가져다 둔 쌀이 그대로 있네요. 정민 주무관님이 고독사가 의심된다고 경찰에 전화 중이세요."

"한 명 또 가셨나 보네."

"이런 일이 전에도 있었나요?"

"가끔 있죠. 여기 중앙동은 독거노인이 많이 살잖아. 오래 걸릴 것 같으니 먼저 복귀할게요. 트럭도 반납해야 하고, 여기서 동사무소는 걸어와도 되니까."

"네, 알겠습니다. 먼저 들어가세요."

정태는 차에 시동을 걸었다. 정민은 전화를 하면서 정태에게 인사했다.

"네, 기다리고 있겠습니다."

정민이 전화를 끊고 다시 담배 한 개비를 꺼내 불을 붙였다.

"곧 출동한다고 하나요?"

"금방 올 거예요. 지구대도 여기서 가까워서."

"주무관님은 처음이 아니신가 봐요."

"이런 게?"

"네, 능숙해 보이셔서."

"저야 뭐, 일한 지 십오 년이 지났으니 여러 번 있죠. 원석 씨도 처음 아니잖아요. 시체 봤던 거 아닙니까?"

정민이 허탈하게 웃었다. 그의 입가로 담배 연기가 번졌다.

"아……. 저는 처음 시체 봤을 때 기절했어요."

원석의 머릿속에 처음 본 시체의 모습이 나타났다가 사라졌다.

"그래요. 저도 얘기 들었습니다. 나랑 같을 수가 없겠지. 나는 저 할머니 모르니까 괜찮지만 주무관님은 아녔잖아. 그러고 보니 이걸 안 물어봤네요. 조금 더 쉬지 왜 이렇게 빨리 복직했어요?"

정민이 담배를 발로 비벼 끄며 물었다.

"그냥, 죽을 것 같아서……."

"네?"

정민이 놀란 표정을 지었다.

"매일 누워 있었어요. 눈을 뜨는 게 무서웠거든요. 수면제를 먹고 오랫동안 잤습니다. 내일이 온다는 게 무섭더라구요. 그러다가 정말 이러고 더 있으면 죽을 것 같아서 나왔습니다. 사실 아직도 아침이 두려워요."

원석은 아침에 눈을 뜨는 게 힘들었다. 눈앞에 빨간 세상이 펼쳐질까 봐 무서워서 오랫동안 잠을 잤다. 요즘엔 일을 하다가 불안해지면 머리카락에 가려진 흉터를 매만졌다. 그날 생긴 상처였다. 두피에 오돌토돌하게 만져지는 흉터는 그만큼 시간이 흘렀음을 증명했다.

"원석 씨, 고생 많았네요. 그럼 이따가 내려오지 마세요."

정민이 원석의 어깨를 툭 치며 말했다.

"뭐 하러 봐. 가뜩이나 힘든데. 아직도 약 먹고 있다면서요. 밖에서 기다리고 있어요."

"그래도……."

"괜찮아요."

정민의 말이 끝나자 골목 끝에서 경찰차 경광등이 보였다. 정민은 골목길 쪽으로 나가서 손을 흔들었다. 경찰차가 빌라 앞으로 들어왔다. 경찰관 두 명이 내렸다.

"수고하십니다. 중앙 지구대 황인범입니다."

"김현철입니다."

경찰관이 차례로 인사했다.

"안녕하세요, 박정민입니다. 이쪽은 정원석 주무관."

정민은 목에 건 공무원증을 보여 주며 말했다.

"고독사가 의심되신다고?"

인범이 작은 수첩을 꺼내며 정민에게 물었다. 현철의
손에는 절단기가 들려 있었다.

"이쪽입니다."

정민은 경찰관을 빌라 입구로 데려갔다. 원석이 경찰
뒤로 따라 내려가려고 하자 정민이 손을 저으며 막았다.
원석은 하는 수 없이 바깥에서 기다리기로 했다.

경찰과 정민이 계단을 내려갔다. 정민은 문 주변에 놓인
쌀 포대와 먼지가 뽀얗게 쌓인 생필품을 가리켰다. 현철이
휴대전화로 주변 사진을 찍었다. 인범은 초인종을 누르고
문 앞에서 소리쳤다.

"중앙 지구대에서 나왔습니다! 아무도 안 계세요?"

빌라는 조용하기만 했다.

"대상자한테 전화는 해 보신 거죠?"

인범이 물었다.

"네, 꺼져 있습니다."

정민이 대답했다.

"계장님, 아무래도."

"그래, 열자."

현철이 절단기로 문고리 부분을 자르고 집 안으로 진입
하자, 바닥에 쌓여 있던 먼지가 일어났다. 참을 수 없는 악
취도 새어 나왔다. 세 사람은 코를 틀어막으며 누군가 죽
었음을 직감했다.

"119도 불러야겠는데요."

현철이 말했다.

◆ 04

"안녕하세요."

이순은 빌라 입구로 들어가는 이웃에게 인사를 건넸다. 빌라에 거주한 지 꽤 되었지만, 새벽에 일을 나가 저녁 늦게 들어오는 탓에 얼굴을 알고 지내는 이웃이 없었다. 이제부터라도 누군가를 만나면 인사해야겠다고 마음먹은 참이었다.

앞서가는 여성은 챙이 넓은 모자와 노란색 원피스를 입고 있었는데 배가 볼록 나온 게 얼핏 보기에도 임신부 같았다. 걸음 속도도 느려서 금세 이순에게 따라잡혔다. 아랫배를 잡고 계단을 오르는 모습이 막달에 가까워 보였다. 이순은 여자가 대답하지 않자 말을 못 들었나 싶어서 좀 더 크게 말을 걸었다.

"아유, 배가 많이 나왔네요. 몇 개월이에요?"

계단 두 칸밖에 차이 나지 않으니 절대 못 들을 리가 없는 거리인데 여자는 아무 말도 하지 않고 그저 계단을 올라갈 뿐이었다. 요즘은 임산부한테 몇 개월인지 묻는 게 실례인 건지 본인의 말이 무시당했단 생각에 이순은 당황했다. 이순은 201호 앞에 멈춰 도어락 키패드를 열었다. 임신부는 더 위로 올라가는 모양이었다.

"사람이 말을 거는데 대꾸도 안 하네."

이순은 요즘 젊은 사람들은 예의가 없는 것 같다고 생각했다. 급식실 안에서 무례하게 굴던 몇몇 직원의 얼굴도 떠올랐다. 이순은 마음에 담아 두지 않기로 했다.

"이제야 좀 살 것 같네."

집에 들어와 신발을 벗으니 갑갑했던 마음이 좀 풀렸다. 이순은 직장을 알아보던 중이었다. 옛날엔 구직 신문을 찾아서 전화를 걸면 되었는데 요즘엔 구직 신문을 찾기가 영 어려웠다. 다들 어떻게 일자리를 찾는 건지, 이순은 방법을 알 수 없었다. 결국 동네를 돌아다니며 식당에 붙어 있는 '아주머니 구함' 문구를 찾아 발품을 팔았다. 하지만 사람을 구한다는 문구를 발견해서 들어가도 나이가 많아 보여서 그런지 늘 허탕이었다. 이순은 네 시간 동안 걸어 다니느라 무리한 발을 주무르다 갈증이 느껴져서 시원한 물을 한 잔 마시기 위해 식탁에 앉았다. 휴대전화가 울리면서 반가운 이름이 떴다.

"어, 선희야."

"이순 언니, 뭐 해?"

"내가 뭘 하겠니. 그냥 쉬고 있지."

"정말? 언니라면 또 일자리 찾는다고 돌아다니고 있을 것 같았는데."

"너는 못 속이겠다. 조금밖에 안 돌아다녔어."

반가운 이름은 박선희, 이순이 얼마 전 퇴직한 조리실 동료였다. 정년을 채우고 나온 회사는 천 명이 일하는 곳이었다. 아침 여섯 시에 출근해서 식사를 준비하고, 배식하고, 뒷정리를 하면 저녁 여섯 시가 되었다. 음식을 만드는 곳은 정말 눈코 뜰 새 없이 바빴는데 마음이 맞는 동료가 있다는 건 큰 행복이었다. 선희는 이순보다 열두 살이나 어렸지만 항상 이순을 언니라고 부르며 살갑게 따랐다.

"뭐라고? 퇴사한 지 얼마나 되었다고 벌써부터 일을 구해?"

선희의 목소리 톤이 조금 올라갔다.

"가진 재산이라고는 집 하나밖에 없는데 어떡하니. 굶어 죽을 수도 없고. 일할 수 있을 때 해야지."

이순은 가족이 없었다. 스물세 살에 부모의 권유에 못 이겨 결혼했다가 이혼하는 날 부모와 연락을 끊었다. 형제자매와도 연락하지 않은 채 혼자 살았다. 젊은 시절은 매일 술을 마시며 노름하던 남편이 만들어 놓은 빚을 갚느라 정신이 없었다. 이혼 후 빚을 다 갚고 나서야, 지금 살고 있는 집을 마련할 수 있었다. 수중에는 삼 개월 생활비를 하고 나면 사라질 돈 몇 푼뿐이었다.

선희도 이순의 사정을 잘 알고 있었다. 다만 오랫동안 해 온 주방 일로 손이 부르트고, 손가락 마디마다 신경통을 앓고 있으면서 며칠 쉬지도 않고 또 일을 구한다는 말에 잔소리가 먼저 나왔다.

"언니 때문에 못 살아 정말. 이럴 거 뻔히 보여서 늦게 알려 주려고 했는데. 쯧, 일자리 구해 주는 거 내가 알아봤어."

"정말?"

"내가 회사를 소개해 주는 건 아니고, 나라에서 노인들 할 만한 일자리를 주선해 준대."

"요즘 나라에서 일자리를 구해 줘?"

"응, 월요일에 동사무소 가서 기초 생활 수급자 신청하고 싶다고 해 봐."

"기초 생활 수급자? 그거 진짜 가난한 사람들만 받을 수 있는 거 아냐?"

"아이고, 언니가 뭐 부자야? 언니 정도면 엄청 가난해. 그거 혜택 받으면 정기적으로 일자리도 알아봐 주고 쌀도 주고 아프면 병원비도 깎아 준대. 언니 이제 돈도 못 벌고 손도 아프잖아. 자식도 없고 혼자 사는데 나라가 이런 사람 도와줘야지."

"고마워, 선희야. 되든 안 되든 언니한테 이런 거 알려 주는 건 정말 너밖에 없다."

"치, 그럼 나밖에 없지. 누가 이런 걸 챙겨 줘? 아 맞다, 언니 그 소식 들었어?"

"무슨 소식?"

"그, 왜 우리 종종 일손 부족할 때 잠깐씩 나왔던 영자 언니 있잖아."

"영자?"

"어, 그 언니네 동네 소망빌라에 산다는. 나이 좀 많고 떡볶이 좋아하고. 기억 안 나?"

"아, 기억나려고 해. 그 맨날 빨간색 꽃무늬 블라우스 입고 다니는?"

"어, 맞아! 그 언니 말이야. 어제 죽었대!"

"뭐라고?"

이순이 놀라며 물었다.

"아, 아니다. 죽은 건 언젠지도 모른대. 어제 발견되었대."

"그게 무슨 소리야?"

"영자 언니가 남편 일찍 죽고 혼자 살았잖아. 나이가 많아서 심장마비가 온 건지 뭔지. 집에서 자다가 돌아가셨는데, 발견되는 데 한 달이나 걸렸대."

"어머, 지금이라도 발견돼서 다행이다."

"내 말이 그 말이야. 언니도 조심해. 혼자 살잖아."

"얘는, 그래도 나는 너 있잖아."

이순이 얕게 웃었다.

"영자 언니는 뭐 친한 사람 없었겠어? 됐고, 언니 이제 나이도 먹었으니까 항상 몸조심하고 무리하지 마."

"그래, 알았어."

"말로만 알았다고 하지 말고 건강 챙겨. 나는 언니도 갑자기 죽을까 봐 무서워서 그래."

"아이고, 얘는 별걱정을 다 한다! 나 아직 젊어, 이것아! 그래도 걱정해 줘서 고맙다."

"그렇게 고마우면 식혜나 만들어 줘. 언니가 만든 거 먹고 싶다."

"그래, 네가 먹고 싶다는데 뭘 못 하겠니? 맛있게 만들어 줄게."

다음 날 아침 일찍부터 눈을 뜬 이순은 동사무소에 갈 준비를 마쳤다. 집을 나서기 전에 또 한 번 가방을 열어서 지갑 속 신분증을 챙겼는지 확인했다. 중앙동 동사무소는 걸어서 이십 분 정도 걸리는데 도착했을 때는 아직 아침 여덟 시 사십 분이었다.

이순은 자동문 앞을 기웃거리며 문이 열리기를 기다렸다. 문 옆에 있는 카페가 눈에 들어왔다. 안에서 바쁘게 움직이는 사람들이 모두 나이가 지긋한 노인이었다. 여기도 동사무소에서 일자리를 준 거가? 일을 하게 된다면 이런 곳에서 하고 싶다고 생각했다. 손을 바쁘게 움직이며 커피 기계에 원두를 붓고, 테이블을 닦으며 준비하는 사람들의 모습이 행복해 보였다. 카페를 구경하다 보니 아홉 시가 되었다. 동사무소 자동문이 열리자마자 이순은 안으로 들어가 노란색 복지 민원 대기 번호표를 뽑았다. 곧바로 띵동 소리가 나고 7번 창구 위에 이순의 번호가 떴다.

"안녕하세요, 무엇을 도와드릴까요?"

원석은 이순이 의자에 앉자 말을 건넸다.

"저, 일자리를 구하고 싶어서요."

"노인 일자리요?"

"여기 앞 카페에서 일하는 사람이 다 내 또래로 보이는데, 이건 어떻게 해요? 나도 배우면 잘할 수 있을 거 같은데."

이순은 가방을 앞으로 고쳐 메며 말했다. 목소리가 일자리를 구할 수 있을 거란 기대감으로 떨렸다.

"여기 앞에 카페에서 근무하는 사람은 바리스타 자격증 교육을 받고 협동조합에서 채용한 분들이에요."

"교육을 받은 거구나……."

이순은 커피를 만드는 사람들이 더 멋있어 보였다. 자격증까지 따야 한다니 중학교도 채 졸업하지 못한 이순은 엄두가 나지 않았다.

"일단 신청이 가능한지 먼저 볼게요. 신분증 가지고 오셨나요?"

"네."

이순은 선희가 동사무소에 갈 때 꼭 들고 가라고 강조했던 신분증을 가방에서 꺼내 원석에게 건넸다. 원석은 이순의 신분증을 들고 사회복지 통신망에 조회했다.

『이름 : 김이순

주민등록번호 : 500815-2XXXXXX

주소 : 경기도 안녕시 중앙로 45, 행복빌라 201호』

"김이순 님, 혹시 다른 일 하고 계신 건 없으시죠?"

"네, 없어요. 다른 일 했으면 그걸 했지, 뭐 하러 여길 찾아와."

이순은 손을 내저으며 대답했다.

"지금 집에는 혼자 사시는 거예요?"

"네, 혼자 살아요."

"다른 가족분은 없으세요?"

"일자리 구하는 데 그런 것도 물어봐요?"

이순은 질문이 불편했다.

"가능하면 기초 생활 수급자 신청을 도와드릴까 해서요."

"어머, 맞다 맞아. 저 그거 신청하러 왔어요. 어머머, 그거 신청하면 일자리 준다고 하던데 맞아요?"

이순은 원석이 말을 듣자 선희가 말했던 게 기초 생활

수급자였다는 사실이 떠올랐다.

"아, 그러셨어요? 기초 생활 수급자 신청하면 자활 근로
사업으로 일자리 주선해 드려요. 원하시는 게 수급자 신
청이세요?"

"네네. 맞아요. 내 정신 좀 봐. 나이가 들어서 이래요."

"잠시만요."

원석은 책상 옆에 있던 바인더에서 기초 생활 수급자
구비 서류 목록이 적힌 종이를 한 장 뽑고 프린터에서 나
온 신청 서식을 이순에게 주었다.

"기초 생활 수급자는 지금 당장은 신청이 어려워요. 여
기 구비 목록 살펴보시고, 다 준비해 오셔야 해요."

이순은 원석이 준 종이를 받아서 읽었다. 이순이 도통
뭔지 알 수 없다는 표정을 짓자 원석이 구비 목록에 형광
펜으로 밑줄을 그어 주었다.

"여기서부터 여기까지는 제가 드린 양식에 있어요. 통
장 사본이랑 통장 거래 내역서는 주거래 은행에 방문하셔
서 발급 받으시면 됩니다. 이거 말고는 크게 어려울 건 없
으세요."

이순은 고개를 끄덕이며 종이를 두 번 접었다. 그리고
민원 테이블에 비치된 종이봉투에 담아 가방에 넣었다.
원석은 이순이 봉투를 넣는 모습이 꼭 돈봉투를 챙기는
것 같다고 생각했다. 이순은 동사무소에서 나오자마자 선

희에게 전화를 걸었다.

"여보세요, 선희야."

"어, 언니. 동사무소 갔다 왔어?"

"지금 막 나왔어. 기초 생활 수급자 그거 신청하러 왔지."

"벌써? 잘했네."

"근데 이거, 뭐 이것저것 내라고 하는데 알 수가 있어야지."

이순은 구비 서류 목록을 슬쩍 보기만 했는데도 머리가
아팠다.

"걱정하지 마, 언니. 내가 주말에 놀러 갈게."

"정말? 꼭 와야 해. 나는 정말 하나도 모르겠다."

"걱정 말래도? 나 일 들어가야 해. 끊어."

"그래. 들어가."

이순은 복잡한 마음을 달래며 가까운 은행으로 향했다.
주거래 은행에 들러서 통장 거래 내역서를 발급 받고 시
장에 가서 식혜를 만들 때 필요한 엿기름이랑 찹쌀을 사
야 했다.

05

장서심은 삼십육 주 차 임산부다. 서심의 집에 걸린 큰 달력에는 이 주 뒤 날짜에 크게 별표가 그려져 있었다. 거실은 신생아용 모빌, 애착 인형, 흔들 침대 등 아이를 맞이할 준비로 어수선했다. 신발장 가까이엔 언제든 들고 나갈 수 있는 짐가방이 있었다. 서심은 오늘 손수건을 빨 준비를 했다. 큰 냄비에 베이킹소다를 한 숟갈 넣고 팔팔 끓여 손수건을 삶았다. 오 분 뒤 찬물에 헹궈 물기를 짜낸 후 바구니에 담아 베란다로 들고 왔다.

베란다엔 봄 햇살이 가득했다. 빨래 건조대에 손수건을 한 장 한 장 널다가 힘이 들면 바깥 구경을 했다. 이웃집 마당에 분홍색 진달래가 보였다. 길 건너편 파란색 대문 집 여자가 가꾸는 화단이었다. 크고 작은 화분들과 마당에 심은 색색의 꽃이 계절에 따라 피어났다. 여자가 화단에 물을 주면 작은 무지개가 생기는 걸 엿보기도 했었다. 담벼락에 가려진 곳에도 물을 뿌렸는데 그곳엔 얼마나 예쁜 꽃들이 있을지 궁금할 정도였다.

그때 담벼락 아래에서 여자아이가 튀어나왔다. 뭐가 묻은 건지 옷이 꽤 지저분해 보였다. 손을 얼굴 쪽으로 올리는 걸 보니 우는 것 같았다. 곧이어 집 안에서 남자가 나와 아이의 손목을 잡아끌어 수돗가 앞으로 데려갔다. 아이가 손목을 뿌리치려고 버둥거리는 게 보였다. 남자가 수도꼭지를 틀고 호스를 아이에게 가져다 댔다. 아이가 머리부터 발끝까지 쫄딱 젖었다. 남자는 거기서 멈추지 않고 아이를 때렸다. 서심은 깜짝 놀라서 손에 쥔 손수건을 놓쳤다.

서심은 집 밖으로 나와 옆집 문을 두드렸다. 초인종도 누르고 주먹으로 문을 쾅쾅 쳤지만 아무도 나오지 않았다. 서심은 배를 부여잡고 계단을 한 층 내려가 201호 문을 두들겼다.

"누구세요?"

이순은 누가 이렇게 다급하게 문을 두드리나 싶었다. 문 앞에는 며칠 전에 본 임신부가 얼굴이 새하얗게 질린 채 발을 동동 구르고 있었다. 무슨 일이냐고 물었더니 머리 위에 손가락을 접으며 이해할 수 없는 동작을 했다. 갑자기 손에 들린 휴대전화를 뺏어 112에 전화를 걸어 이순에게 넘겨주고 곧바로 이순의 손목을 잡아 위층으로 끌고 갔다.

"112 신고센터입니다."

"저, 아, 그게. 여기 말을 못 하는 사람이 있는데요."

이순은 계단을 올라가면서 전화를 받았다. 그녀는 한 번도 112에 신고를 해 본 적이 없어서 당황스러웠다. 서심이 무엇을 신고하려는지는 몰랐으나, 일단 경찰관이 필요한 것 같았다.

"네. 말씀하세요."

"저한테 112에 신고를 해 달라고 하네요. 왜인지는 모르겠어요. 근데 엄청 다급해 보여요."

"긴급한 상황입니까?"

"잘 모르겠어요. 그래도 경찰관을 보내 주면 좋을 것 같아요."

이순은 핏기가 없는 서심의 얼굴을 보면서 대답했다.

"신고자 분 성함이랑 위치가 어떻게 되시나요?"

"저는 김이순입니다. 여기 주소는 경기도 안녕시 중앙로 45, 행복빌라 302호요."

이순이 서심의 집으로 들어와 신발을 벗었다.

"혹시 신고를 요청하신 분이 수어를 사용하시나요?"

이순은 수어를 뉴스 화면 아래에 작은 창으로만 봤지 실제로 본 것은 오늘이 처음이었다.

"네, 그런 것 같아요."

"그러면 수어 통역사를 함께 요청해 드릴게요."

"그렇게 해 주세요. 감사합니다."

서심이 이순을 베란다로 데려가 손으로 어떤 집을 가리켰다. 이순은 불이라도 났는지 유심히 살펴봤지만, 딱히 이상하다고 느껴지는 점은 없었다. 어디선가 아이가 우는 듯한 소리가 작게 들릴 뿐이었다. 이순은 서심에게 휴대전화를 가리키며 곧 경찰이 올 거라는 손짓을 했다. 서심은 이해한 듯 고개를 끄덕였다. 둘은 거실 소파에 앉아서 경찰을 기다렸다. 서심은 배가 땅기는지 손으로 살살 배를 문질렀다.

"아이고, 임신부가 도대체 무슨 일이길래 이렇게 놀랐어?"

이순은 서심이 걱정되었다. 얼마 있지 않아 경찰관이 왔는지 계단을 오르는 발소리가 났다. 문을 열어 줘야겠다고 생각하는 순간 온 집안이 초록색으로 번쩍거렸다. 이순은 깜짝 놀랐다. 서심은 익숙한 듯 문을 가리켰다. 이순은 놀란 가슴을 달래며 문을 열었다.

"중앙 지구대에서 왔습니다."

경찰관 두 명과 검은색 정장을 입은 남자 한 명이 들어왔다.

"안녕하세요, 김현철입니다. 누가 신고하셨나요?"

이순이 서심을 가리켰다. 현철의 말이 끝나자마자 검은

색 정장을 입은 남성이 수어를 시작했다. 소파에서 서심이 일어났다.

"아, 성함이 어떻게 되시죠?"

현철이 수첩을 펼치며 말했다.

"장서심입니다."

수어 통역사가 말했다.

"신고 내용을 전달받지 못해서요. 뭘 신고하고 싶은 걸까요?"

수어 통역사의 손이 짧게 움직였다.

"어떤 남성이 아이를 때리는 걸 목격했다고 합니다."

서심이 수어를 하자, 수어 통역사가 대답했다.

"어디서 보신 거죠?"

서심은 베란다를 가리켰다.

"언제 본 건지도."

"뭘 언제 봤겠어요. 신고할 때 본 거지. 아주 그냥 얼굴이 새하얗게 질렸는데. 나는 어디 불이라도 난 줄 알았다니까."

이순이 옆에서 말을 거들었다. 수어 통역사가 이순의 말을 그대로 통역하자 서심이 긍정의 의미로 고개를 끄덕였다.

"아동 학대로 신고하고 싶답니다."

"아동 학대는 그렇게 쉽게 신고할 수 있는 게 아니에요.

뭐 얼마나 어떻게 아이를 때리고 있었는지 자세하게 설명해 주셔야 합니다. 그리고 여기 계신 분은 관계가 어떻게 됩니까?"

수어 통역사는 현철의 말을 서심에게 통역했고, 마지막 질문은 이순에게 향했다.

"저는 여기 밑에 사는데요. 여기 새댁이 갑자기 뛰어 내려와서 문을 쾅쾅 치더라고. 나가 보니까 112에 전화를 해 달라지 뭐예요? 그러더니 날 잡아끌고 와서는 베란다 바깥을 가리켰어요. 처음에는 불이라도 난 줄 알았지. 근데 뭐, 뭘 보라는 건지 알 수가 있나."

이순이 대답했다.

"평소에 이쪽 선생님과 알고 지내셨나요?"

"아뇨. 오늘 이렇게 얘기한 것도 처음이에요."

"선생님은 그럼 아이가 맞고 있는 걸 못 보신 거예요?"

옆에 가만히 서서 팔짱을 끼고 있던 인범이 물었다.

"네, 저는 못 봤어요. 아이 울음소리는 들은 것 같기도 하고 그러네요."

"서심 님께서 남자가 마당에 있는 호스로 아이에게 물을 뿌렸다고 하네요. 그러더니 남자가 아이 엉덩이를 때렸다고. 소리는 듣지 못했지만 아이가 크게 울고 있었다고 합니다. 이분을 데리고 온 뒤에는 아이랑 남자가 안 보였다고 하네요."

수어 통역사가 말했다.

"호스로 물을 뿌렸다고요? 멀리서 쏜 건가요?"

인범이 수어 통역사를 보면서 물었다. 서심은 통역을 보더니 이순에게 다가와 머리 바로 위에서 호스를 쏘는 듯한 동작을 했다.

"아, 이 정도는 뭐."

인범이 헛웃음을 지으며 말했다.

"지금이 한겨울도 아니고 애가 더러우면 물로 씻길 수도 있지. 그리고 아이 엉덩이를 때린 것도 보통 훈육으로 보지 학대로 보지는 않거든요. 뺨을 때리거나 발로 찼다, 이런 거면 몰라도."

수어 통역사가 열심히 인범의 말을 통역하고 있는데, 서심이 화가 난 표정과 몸짓으로 수어를 했다.

"왜 신고가 안 돼요? 아이가 얼마나 맞아야 접수가 되나요?"

수어 통역사의 목소리가 올라갔다. 서심의 감정을 표현하고 있었다. 인범은 살짝 당황했지만 침착하게 설명했다.

"말했다시피 지금 말씀하신 내용은 아동 학대로 보기 어렵기 때문입니다. 아이 몸에 멍이 있는 걸 본 것도 아니고 엉덩이를 때리는 건 상식적인 수준이에요. 부모가 아이를 훈육할 수 있는 권리가 있어요."

인범의 목소리는 단호했다. 서심은 답답하다는 듯이 주

먹으로 가슴을 때렸다. 그러더니 화를 내며 모두 집에서 나가라는 듯 손을 내저었다.

"이제 가라고 하시네요."

수어 통역사가 말했다. 하지만 여기에 있는 모두가 서심의 표현이 그냥 '가'라고 하는 게 아니라는 걸 알았다. 오히려 '당장 내 집에서 꺼져!'에 가까웠다.

"가라면 가야죠."

인범 역시 화난 목소리로 대답하고 문을 열어 밖으로 나갔다.

"혹시 다른 일을 또 목격하게 되면 여기로 연락 주세요."

현철이 수첩 앞쪽에 있는 명함을 한 장 뽑아 이순에게 건네주었다.

"네, 그럴게요."

현철과 수어 통역사는 꾸벅 인사를 하고 나갔다. 북적거렸던 집이 금세 썰렁해졌다. 이순은 서심의 어깨를 살살 쓰다듬어 주었다. 서심이 한결 풀린 얼굴로 이순을 배웅했다. 이순은 그제서야 식혜 생각이 났다.

"아이고, 식혜! 다 삭았겠네!"

이순은 급하게 신발을 신고 집으로 내려왔다.

◆ 06

한 달 전, 태평양 망망대해를 항해하는 함선 아르테미스호. 아르테미스호 조타실에는 모니터에서 눈을 떼지 못하는 사람이 있었다. 종규는 이 함선의 통신장으로 인공위성과 수중 음파 레이더의 신호를 해석하는 일을 담당했다. 모니터에 빨간색, 노란색, 초록색이 반달 모양을 띠며 회전하는 모습이 잡혔다. 참치 떼가 있는 게 틀림없다.

종규는 망원경을 들고 레이더가 잡히는 파도 위를 유심히 살폈다. 잔잔한 파도 표면에 백파 현상이 나타났다. 수천 마리의 참치 떼가 먹이 활동을 한 후 몸의 열을 올리기 위해 파도 표면 가까이에서 꼬리질을 치면 흰색 파도가 일어난다. 평소 깊은 바다 밑에만 있는 참치를 잡을 수 있는 유일한 순간이다. 종규는 무전기를 손에 쥐며 말했다.

"좌측 170도 백파 발견, 모두 스탠바이."

천칠백 톤 아르테미스호에는 스물한 명의 선원이 타고 있다. 선장, 1항사, 2항사, 3항사, 기관장, 통신장, 갑판장과 일반 선원 열네 명이 아르테미스호 조직을 구성했다. 백파 현상이 발견되었다는 말에 선원들이 재빠르게 갑판 위로 올라왔다. 선장이 조타실로 이동하며 무전기를 잡았다.

"본선 좌현 5도, 스키드 보트 준비!"

백파 현상이 사라지기 전에 그물을 쳐야 했다. 스키드 보트는 스키처럼 파도 위를 가볍게 미끄러지면서 나가는 가벼운 보트다. 보트 끝에는 그물이 연결되어 있어서 참치 떼를 원형으로 감싸는 역할을 했다. 그 후 그물의 아랫부분을 크레인으로 끌어 올려 참치를 가두는 방법으로 조업을 했다. 백파의 크기로 봤을 때 자그마치 삼백 톤은 될 만한 양이었다.

"스키드 보트, 출발!"

모두 선장의 목소리를 기다리고 있었다. 본선에서 출발한 스키드 보트가 바다를 가로지르며 나아갔다. 갑판 위에 선원들이 참치를 놓치지 않으려고 애를 썼다. 참치가 스키드 보트 소리에 놀라 바다 밑으로 내려가지 못하도록 쇠망치로 본선을 두들겨 댔다. 쇠의 울림은 참치가 방향을 잡지 못하도록 혼란스럽게 하는 역할을 했다. 참치 떼는 우왕좌왕하는 사이 그물에 걸려들 것이다. 모두의 바람이 모이고 있었다.

"본선 좌현 10도, 속력 40 풀!"

선장이 본선의 속도를 높였다. 스키드 보트와 빨리 만나서 그물의 매듭을 지어야 했다. 바다 위에 그물로 이루어진 노란색 원이 만들어졌다. 스키드 보트가 본선 위로 올라왔다. 크레인이 시끄러운 소리를 내며 돌아가기 시작했다. 지금부터 아르테미스호 창고는 참치로 가득 채워질 일만 남았다.

"건배!"

선원들은 너나없이 잔을 부딪쳤다. 한쪽에는 몇 개월 동안 아껴 두었던 LA갈비가 구워지고 반대쪽에는 술판을 크게 벌였다. 새벽 여섯 시에 시작한 참치 사냥이 성공적으로 끝나, 아르테미스호에는 더 이상 참치를 넣을 공간이 없었다. 선장의 조업 종료 선언 아래 이 년의 항해가 마침표에 가까워졌다. 선원들은 집으로 간다는 생각에 흥에 겨웠다.

"이제 참치와도 안녕이지 말입니다. 형님!"

철우가 종규의 잔에 술을 채우며 말했다.

"그래."

"형님 덕분입니다!"

철우가 종규 옆구리를 와락 껴안았다. 종규를 비롯한 다른 선원들이 징그럽다고 떨어지라며 장난스러운 구박을 하고 있을 때였다. 통신실에서 당직을 서고 있던 3항사가 위성 전화기를 들고 왔다.

"통신장님, 집에서 전화 옵니다!"

"어."

종규가 전화기를 받으려는 순간 철우가 전화기를 가로챘다.

"형수님, 안녕하십니까! 임철우입니다. 제가 주제넘지만, 기쁜 소식을 형님보다 먼저 형수님께 알려드리고자 전화 받았습니다! 저희 이제 집에 갑니다! 네, 오늘 종규 형님이 큰일 했습니다. 어창을 꽉꽉 채워서. 아이고, 형님 얼굴이 점점 못생겨져요. 저 이러다가 한 대 맞겠습니다. 이제 바꿔 드릴게요!"

종규는 철우의 머리를 주먹으로 한 대 쥐어박고 전화기를 가져왔다.

"어, 잠시만."

종규는 사람들이 없는 곳으로 이동했다.

"응, 이제 됐어."

"철우 씨 신났네? 술 많이 마셨나 봐."

다연의 웃음 소리가 전화기 너머로 들려왔다.

"귀항 기념 바비큐 파티 중이야."

종규의 입에서도 웃음이 새어 나왔다.

"오는 줄 알았으면 여행 날짜 좀 미룰 걸 그랬네."

"다음에 나랑도 같이 가면 되지."

종규는 다연의 애틋한 목소리가 듣기 좋았다. 다연은 내일 종규의 부모님과 함께 여행을 다녀올 예정이었다. 종규와 가족 여행을 못 간 지도 이 년이 지났다. 종규는 아쉬워하는 다연을 달랬다. 이번 항해만 지나면 언제든 여행을 갈 수 있을 것이다.

"그러자. 이제는 참치잡이 배 타지 마."

"알았다니까 그러네."

"유정이가 아빠를 모르는 것 같아서 속상해."

"어릴 때 한 번 본 걸 어떻게 기억하겠어."

종규는 착잡한 마음을 달랬다. 유정이 아빠를 모르는 만큼, 종규도 유정을 몰랐다. 육지를 밟으면 아마 이 문제가 최대의 난제가 될 것 같았다.

"그러니까 올라와서 잘해. 살갑게 대해 주고."

"알았어. 노력할게."

"치, 말은 잘해. 오는 데는 얼마나 걸려? 마중 갈까?"

"여기 남태평양이라 길어야 열흘? 이르면 다음 주에 도착할 수도 있겠다. 마중 오지 마. 언제 도착할지도 정확히 모르는데 뭘."

"얼마 안 남았네. 보고 싶어서 그러지."

"나도 보고 싶다. 내일 여행 가야지. 얼른 자."

"알겠어. 당신도 쉬어."

종규는 난간에 기대어 수평선을 바라봤다. 바다와 하늘 사이로 태양이 서서히 가라앉았다. 바다는 태양을 삼키며 점점 어두워졌다. 바다는 많은 것을 담고 있다. 사람도, 시간도, 태양도, 물고기도, 그리고 인생도. 흘러가는 파도를 따라 지나간 시간이 주마등처럼 스쳐 갔다.

　돈을 많이 벌 수 있다는 말에 참치잡이 배에 올라탄 지도 벌써 십이 년이다. 배를 탔기에 아버지의 병원비를 낼 수 있었다. 낡은 쪽방에서 아파트로 이사 갈 수 있었으니 후회하진 않는다. 그저 가족이 그리울 뿐이다. 사랑하는 사람을 만나서 가정을 이루고 오 년 전에는 아이도 태어났다. 하지만 유정이 태어날 때도 종규는 바다 위에 있었다. 태어난 뒤에도 아이를 마주한 시간은 이 개월이 채 되지 않는다. 그 짧은 기간에도 자라는 아이가 기적 같았는데, 아이의 성장을 지켜보지 못하는 게 아쉬웠다. 배를 타는 많은 선원이 포기하고 사는 삶이지만 더 이상 포기하고 싶지 않았다. 그러면서도 태평양 한가운데서 보는 노을은 그리울 것 같다는 생각이 들었다.

　"형님, 전화도 끊었는데 왜 안 오십니까?"

　"그냥 노을 좀 봤다."

　철우가 종규에게 다가갔다.

　"형님, 배는 왜 타셨습니까?"

　"왜 탔겠냐."

종규는 담배 한 개비를 꺼내서 입에 물고 불을 붙였다.

"뭐, 다 돈 때문이겠죠."

"그랬지."

"형님 진짜 참치 안 타실 겁니까? 저는 어떻게 합니까."

철우가 처음 배를 탈 때부터 종규가 함께했다. 그래서인지 철우는 종규를 많이 의지하고 따랐다.

"뭘 어떡하냐. 너는 아직 더 벌어야지. 벌써 다 모았어?"

종규가 철우의 어깨를 툭 치며 대답했다.

"형님 없이 무슨 재미로 탑니까."

"재미로 배를 타? 됐다. 더 타고 내려와. 일등 항해사도 해야지. 이등까지 어떻게 올라왔는지 잊었냐."

"후, 그래도 형님 없이는 너무 지루할 것 같습니다."

"짜식."

종규가 철우의 머리를 헝클어뜨렸다.

선장은 종규를 제외한 모든 선원을 식당으로 소집했다. 식당 분위기는 며칠 전과 정반대로 흘러갔다. 누구 하나 쉽사리 말하지 못하고 고요한 침묵만 가득했다. 회사에서 종규의 부모가 교통사고로 죽었다는 소식이 전해졌기 때문이다. 아내도 생사를 장담하기 어렵고 아이만 무사하다고 했다. 통신장이었던 종규는 그 소식을 누구보다 빨리 들었다. 그 뒤로 밥도 제대로 먹지 못한 채 방에서도 나오지 않고 있다.

"씨발, 거지 같은 세상."

철우가 침묵을 깨고 욕설을 내뱉었다. 종규가 가족들과 함께하기 위해 배에서 내린다고 하는 걸 말리지도 못하고 있었는데 이제 기회조차 잃었다.

"어떻게 이럴 수가 있어! 어떻게!"

철우가 선실 벽을 주먹으로 쳤다. 식당 안이 웅웅 울렸다. 주변 선원들이 철우를 말렸다.

"임철우! 지금 네가 울고 있을 때야? 정신 안 차려! 종규 저 새끼 저러다가 죽게 할래? 제때제때 밥 먹이고 옆에 붙어 있어. 알겠어?"

선장이 철우를 다그치며 말했다. 뱃사람은 숙명적으로 가족의 부고를 늦게 알게 된다. 장례도 제대로 치르지 못하고 배 위에서 슬픔을 삭여야 했다. 살아갈 날이 얼마 남지 않은 부모를 보내는 것도 힘든데, 갑작스럽게 부모를 잃고 그 곁에 있지도 못하는 종규 마음은 어떨지 철우는 가늠할 수 없었다. 더구나 아내도 다쳐서 생사를 알 수 없다니 세상이 너무 가혹했다. 이러다가 정말 종규가 배에서 뛰어내리기라도 할까 봐 무서웠다.

"그리고 다들 밤에도 본선 운행해. 기관장은 엔진에 무리 안 가는 선에서 최대 속력으로 올리고. 이틀 정도는 줄일 수 있을 거다. 어차피 돌아가는 길이야. 다들 종규 바다에 뛰어내리지 않게 신경 써."

"네, 선장."

철우를 제외한 모든 선원이 한목소리로 답했다.

07

이순은 두 번째 식혜를 옮겨 담고 있었다. 페트병 입구에 깔때기를 대고 한 김 식힌 식혜를 휘휘 저어 국자로 떠 담았다. 일 리터 페트병 네 개가 채워졌다. 쇼핑백에 식혜 두 병을 옮겨 담았다. 쇼핑백을 신발장 위에 올려놓자 초인종 소리가 났다.

"어, 선희야."

이순은 문을 열고 선희를 맞았다.

"언니!"

"얘는, 진짜 귀신이다. 방금 딱 만들어서 식혜 내려놓고 있었는데."

이순이 쇼핑백을 툭 치며 말했다.

"정말? 아, 내 거! 너무 좋다. 집에 달달한 냄새 나네."

선희는 호들갑을 떨면서 쇼핑백을 끌어안았다.

"그렇게 좋아?"

"그럼, 언니가 만든 게 제일 맛있다고!"

선희가 신발을 벗고 들어왔다. 이순은 선희에게 식탁에 앉으라고 손짓했다. 식탁 위에는 원석에게 받은 기초 생활 수급자 신청 서류가 있었다.

"아이고, 언니. 천천히 해."

"아냐, 얼른 하고 치워 버리자. 그 종이만 보면 머리가 아파."

"못 살겠다, 정말. 그래, 후딱 해 버리고 놀자."

선희는 이순에게 이곳에는 이름을 써라 이곳에는 도장을 찍어라 하며 차근차근 알려 주었다. 이순은 받아쓰기를 하듯 선희 입에서 나오는 것들을 또박또박 받아 적었다.

"언니, 자녀는 없지?"

"어?"

이순은 멈칫했다.

"여기 자녀 있으면 사인 하는 게 있네. 언니는 없잖아?"

"응⋯⋯. 없지."

이순이 입을 달싹이며 머뭇거렸지만 선희는 보지 못했다.

"좋아, 그럼 다 했다. 이대로 내일 동사무소 갈 때 들고 가."

"그래? 끝났어?"

"응. 목록에 있는 것도 잘 챙겼네. 어머, 언니 근데 저거 뭐야? 이번에 식혜 많이 했네?"

선희가 서류를 다시 봉투에 넣고 냄비 옆에 있는 식혜를 가리켰다.

"윗집에도 가져다 주려고."

"윗집이랑 알고 지냈어?"

"얼마 전에 인사하다가. 임신부한테 식혜 괜찮겠지?"

"없어서 못 먹지. 이걸 누가 싫어하겠어?"

다음 날 이순은 동사무소를 다시 찾았다. 어제 선희의 도움으로 작성한 기초 생활 수급자 신청서가 든 가방을 소중히 안고 있었다. 번호표를 뽑고 자리에 앉아서 기다리는데 앞에 서심이 보였다. 이순은 반가운 마음에 서심의 어깨를 살짝 건드렸다. 서심이 뒤를 돌아보고 웃었다. 이순은 서심과 집에 가면서 식혜를 전해 줘야겠다고 생각했다. 이순이 뽑은 번호가 7번 창구를 가리켰다.

"안녕하세요. 서류 준비해 오셨어요?"

"네, 여기요."

이순은 가방에서 서류봉투를 꺼내 원석에게 건넸다. 원석은 봉투 속에 있던 서류를 스캐너에 넣었다.

"신분증도 주시겠어요?"

"네."

원석은 이순의 정보를 조회했다. 거주지에 혼자 살고 있는 것과 가족 관계를 확인했다. 전산에는 이순의 밑으로 두 명의 자녀가 있었다. 하지만 신청 서류에는 자녀에게 받아야 하는 동의서가 보이지 않았다. 원석은 서류를 찾다가 이순에게 말했다.

"자녀가 있다고 나오시는데, 동의서가 없네요?"

"그거 꼭 필요한가요?"

이순이 머뭇거리며 물었다.

"네, 필요하죠."

"애들이랑 연락 안 하고 지낸 지 적어도 이십 년은 지났어요. 애도 이렇게 어릴 때 본 게 마지막이에요."

이순은 의자 옆으로 손을 올려 아이의 키를 어림잡았다.

"자녀 분이 어릴 때 이혼하셨나요?"

"그냥, 사정이 있어서 집을 나왔어요."

"그러셨군요. 하지만 동의서는 필수 서류예요. 현재 자녀들과 연락하고 있지 않다는 확인서를 작성해 주셔야 합니다. 선생님은 지금 적어 주시고, 자녀분은 제가 연락해 볼게요."

"네? 자녀한테 연락한다고요?"

이순은 원석의 말에 당황했다.

"저희 쪽에서 가능한 방법으로 연락을 시도해 볼 겁니다."

"아, 안 돼요! 그럼 취소해 주세요. 취소!"

이순은 손을 크게 저으며 원석에게 주었던 종이를 다시 가져가려고 했다.

"연락한다면서요. 왜요, 뭐라고 하려고요? 제가 벌어먹고 살지도 못한다, 뭐 그런 거를 얘기하려고 하는 거 아니에요?"

"아니에요, 선생님. 진정하세요. 그저 연락하고 살지 않는다는 게 사실인지 물어보는 겁니다."

"어떻게 하는데요? 전화로 물어봅니까?"

이순은 원석의 대답을 의심하듯 흘겨보았다.

"전화로는 증명할 수 없어서요. 등기 우편을 보내서 확인서를 받습니다. 선생님도 똑같은 서류를 적어 주셔야 해요. 지금 보시겠어요?"

"네. 보여 줘요."

원석은 컴퓨터에서 '부양의무자 단절 소명서' 서식을 출력해 이순에게 볼펜과 함께 주었다. 원석이 종이를 가리키며 말했다.

"부양의무자, 즉 자녀분과 어떻게 단절하게 되었는지만 적는 양식이에요. 제목 말고 아무 내용도 없죠? 아래 내용도 읽어 보시고 자세하게 적어 주세요."

이순은 펜을 들었지만 쉽게 시작하지 못했다. 머뭇거리며 '나는' 하고 적었다가 두 줄을 그으며 지웠다. 한숨을 내쉬더니 다시 펜을 들어 종이에 글을 썼다.

『~~나는 도망쳐 나왔~~ 저는 삼십년 전에 집에서 나왔읍니다. 자식들이 보고 시퍼 다시 돌아갔는데 어디 갔는지 찾을 수 없었읍니다. 그뒤로 한번도 얼굴을 보지 못했읍니다. 언제 공무언이 남편이 죽었다고 알려주어서 알았읍니다. 정말 연락을 안 하고 살았읍니다.

위에 적힌 내용은 모두 사실이며, 만약 거짓으로 밝혀질 경우 사회복지 보장법에 의거하여 민·형사상 책임을 질 것을 숙지하였습니다.

20XX. XX. XX. 김이순 (서명)』

"선생님, 수고하셨습니다. 자녀분께도 똑같은 종이가 갈 거예요. 너무 염려하지 마세요."

원석은 이순의 소명서를 스캔해서 전산에 등록했다.

"정말 괜찮은 거죠?"

"네, 그럼요. 신청하신 건 처리되는 데 삼 주 정도 걸립니다. 기초 생활 수급자로 선정되시면 우편물이 갈 거예요."

"알겠습니다."

이순이 자리에서 일어나자, 7번 창구로 서심이 다가왔다. 만약 자녀와 연락하고 지냈다면 서심과 비슷할 거란 생각이 들었다. 어쩌면 서심처럼 아이가 있을지도 모르겠다. 귀여운 어린아이를 떠올리다가 고개를 저으며 생각을 털

었다. 무슨 염치로 자식들 앞에 나타난단 말인가. 이순은
서심과 집으로 같이 갈 생각으로 가까이 있는 대기 의자에
앉았다.

08

서심은 자리에 앉자마자 수어로 원석에게 인사를 건넸다.
원석도 반갑게 인사했다. 원석은 대학에서 사회복지학을
전공했다. 교정을 거닐다 보면 손으로 대화하는 학생들을
종종 볼 수 있었다. 처음에는 수어를 그저 청각장애인이
사용하는 언어라고만 생각했다. 그러다 동기를 따라 가벼
운 마음으로 시작한 수어 동아리 활동에 푹 빠져 버렸다.
똑같은 수형[1]도 얼굴 표정에 따라 뜻이 달랐다. 소리가
없는 언어가 주는 매력이 재밌었다. 필기시험에 떨어져서
수어 통역사 자격증은 취득하지 못했지만, 일상 대화 정
도는 수어로 할 수 있었다. 본청에서는 대면 업무가 아니
어서 농인을 만날 기회가 없었다.

---

1)   수형: 수어를 구성하는 요소 중 하나. 손의 모양을 의미한다.

동사무소에 와서도 농인을 만나게 될 거라고는 예상하지 못했다. 게다가 몇 년 만에 수어를 하는 거라 조금 불안하기도 했지만 단어가 기억나지 않으면 지화[2]를 쓰면 되겠지 하는 마음도 있었다.

서심은 수어를 할 줄 아냐고 물어보면서 본인이 중국인이라 한국어를 모른다고 했다. 원석은 어떤 민원을 보기 위해 방문했는지 물었다. 서심은 아동 학대 신고를 하고 싶어서 왔다고 대답했다.

원석은 아이를 뜻하는 손을 반대쪽 손이 때리는 수형을 보자 심장이 뛰기 시작했다. 굳은 표정으로 어디서 본 건지 물었더니 집에서 보았다고 답했다. 집 주소를 물어보니 신분증을 꺼내 보여 주었다.

『외국인등록번호 : 890124-6XXXXXX
이름 : ZHANG SHI QIN(장서심)
국가/지역 : PEOPLE'S REPUBLIC OF CHINA
체류자격 : 결혼(F-6)
체류지 : 경기도 안녕시 중앙로 45, 행복빌라 302호』

2) 지화 : 수화(手話)에서, 한글 자모음이나 알파벳, 숫자 하나하나를 손가락으로 표시하는 방법.

원석은 신분증을 받아서 주소를 옮겨 적었다. 연락처가 있는지도 물어봤다. 서심에게 본인의 명함을 건네주며 영상 통화를 걸 테니 꼭 전화를 받으라고 당부했다. 손이 덜덜 떨리기 시작했다. 가방 속에서 약통을 꺼내 알약 하나를 삼켰다. 원석의 얼굴이 새파랗게 변하자 오히려 서심이 괜찮냐고 물어볼 정도였다. 원석은 출장 보고를 하고 오겠다며 자리에서 일어났다. 팀장은 아직 장기 재직 연수로 자리에 없었다. 원석은 옆자리에 앉아 있는 정민에게 갔다.

"주무관님, 저 잠시 출장 다녀오겠습니다."

"무슨 일이에요?"

"아동 학대 신고가 들어와서요."

"아동 학대? 누가요?"

"저기, 제 창구에."

원석이 새파랗게 질린 얼굴로 7번 창구를 가리켰다. 가리키는 손끝이 떨리고 있었다. 정민은 자리에서 일어나 창구로 갔다. 상황을 봐야겠지만 지금 원석을 출장 보내면 안 될 것 같았다.

"경찰에 신고는 하셨나요?"

"아, 농인이세요."

원석은 서심에게 경찰에 신고를 했는지 물었다. 서심은 목격한 날 신고를 했으며 경찰이 집에 왔다 갔지만 이 일에 관심이 없다고 답했다. 오히려 아빠가 아이를 때릴 수 있는 권리가 있다며 신고 접수조차 해 주지 않았다고 화를 냈다. 수어에 서심의 분노가 그대로 드러났다.

"뭐라고 하세요?"

"경찰에 신고했는데, 아빠가 아이를 때릴 권리가 있다고 신경 쓰지 말라고 했대요. 하, 안 되겠어요. 저라도 가야겠어요."

원석은 서심의 수어를 보는 것만으로도 힘이 들었다. 아까 약을 먹었는데도 불안한 마음이 가라앉지 않았다. 이러다간 세상이 또 새빨갛게 변할 것이다.

"아니야, 원석 주무관. 진정해. 난 우리가 갈 일이 아니라고 생각되는데. 경찰이 아니라고 한 이유가 있을 거야. 좀 더 자세하게 물어보는 게 좋겠어. 뭐 어떻게 때렸냐, 그런 거."

정민은 원석을 진정시키기 위해 노력했지만, 어떤 폭력을 당했는지 자세하게 물어보는 건 원석에게 좋은 일이 아니었다. 원석은 서심에게 폭력 행위를 설명해 달라고 부탁했다. 서심이 아이의 손목을 강제로 끌고 가는 행위를 수어로 표현했을 때 원석의 시야는 붉게 변했다. 눈의 초점이 맞지 않아 엉덩이를 때렸다는 수어에서 '엉덩이'를 보지 못하고 '때렸다'만 보았다.

"아이 손목을 강제로 잡고 가서 물을 뿌리고, 아이를 때렸다고 합니다. 아니, 이걸 왜 경찰이 접수 안 해 준 걸까요?"

"아이가 피가 났다거나, 멍이 들었다던가 그런 거 봤대? 어디를 때렸다는 건데?"

정민은 단호한 목소리로 말했다.

"주무관님, 꼭 때리는 것만이 아동 학대가 아니에요! 상식적으로 아이한테 호스로 물을 뿌린다는 게 말이 됩니까? 이후의 폭력은 어떻고요!"

원석이 정민에게 화를 내는 소리가 민원실에 울렸다.

"목소리 낮춰요. 그렇다고 해도 여기서 나갈 일은 아니야. 원석 씨가 판단할 일도 아니고. 아동 학대 보호 기관에 연락하든가 다른 방법을 찾아요. 원석 주무관, 절대 가지 마세요."

정민은 원석을 출장 보낼 생각이 없었다. 팀장이 없는 동안 정민은 팀장의 대리였고 원석은 정민의 팀원이었다. 그는 이 방법이 원석을 보호하는 거라고 믿었다.

"주무관님!"

원석이 정민의 말에 다시 소리를 질렀다. 저번과 똑같은 대답이다. 어디에 연락해 봐라, 직접 나서지 말아라, 정말 진절머리가 났다.

"안 돼. 정원석 주무관은 그 일을 겪고도 지금 고집을 부리십니까?"

"그래도 가야 합니다."

원석은 빨갛게 변해 버린 정민을 바라봤다. 정민의 눈동자가 붉게 일렁이고 있었다.

"그래서 안 된다는 거예요! 위험하잖아!"

정민의 목소리까지 커지자 이제는 동사무소에 있는 모두가 두 사람을 쳐다봤다.

"……."

"정원석 주무관, 안 된다고 했습니다. 정 안 되겠으면 주무관님이 다시 신고하든가 다른 방법을 찾으세요. 절대 찾아가지 마세요."

"……네."

원석은 두 눈을 감고 대답했다. 서심은 둘의 대화를 정확하게 알지는 못해도 정민이 출장을 반대한다는 것쯤은 눈치챌 수 있었다. 하지만 원석의 수어는 달랐다. 원석은 서심에게 저녁 일곱 시에 집에 방문해도 괜찮겠냐고 물었다. 서심은 고민하다가 괜찮다고 대답했다.

이순은 큰 소리에 깜짝 놀랐다. 처음에는 서심이 뭘 말하는지 몰랐지만, 소리치는 내용을 듣자니 지난주 금요일에 있었던 일에 대한 이야기가 오가고 있는 듯했다. 이순은 서심이 그 사건을 포기하지 않는다는 사실이 놀라웠다. 경찰에게 받은 명함을 원석에게 줘야 할지 고민했다. 서심이 신분증을 챙기는 것을 보니 곧 일어날 모양이었다. 이

73

순은 서심이 자리에서 일어나기 전에 창구로 가 원석에게 말을 걸었다.

"저기, 말 좀 부탁해요."

"네?"

"제가 이 사람 아랫집에 사는데요. 식혜를 만들었으니 집에 가는 길에 가져가라고 좀 전해 줄 수 있어요?"

이순은 서심을 살짝 건드리며 말했다.

"아, 그럼요."

원석이 수어로 이순의 말을 전달했다.

"너무 좋다고, 감사하다고 하네요."

"다행이다. 그리고……."

"네?"

"아니에요. 수고하세요."

행복빌라에 도착해 이순은 서심에게 식혜가 담긴 쇼핑백을 건네주려다 임신부한테 무리가 될 것 같아 쇼핑백을 들고 한 층을 같이 올라갔다. 서심이 연신 고개를 끄덕이며 온몸으로 고맙다는 뜻을 전했다.

09

그날 저녁 일곱 시, 원석은 약속한 대로 서심의 집을 방문
했다. 서심은 베란다 앞으로 가서 파란색 대문집을 가리
켰다. 원석은 고맙다는 말을 남기고 집을 나왔다. 서심은
베란다에 서서 빌라를 나서는 그의 뒷모습을 지켜보았다.
원석이 길가로 나왔다. 그의 호흡이 가빠졌다.

"이 사람은 고병욱이 아니다. 고병욱은 감옥에 있다. 이
사람은 고병욱이 아니다. 고병욱은 감옥에 있다. 고병욱
은 감옥에 있다. 고병욱은⋯⋯."

원석은 스스로에게 최면을 걸듯 말을 되뇌었다. 파란색
대문집을 향한 걸음마다 핏빛 발자국이 생겨났다. 파란색
대문이 빨간색으로 바뀌고, 보도블록엔 대문 안에서 흘러
나온 핏물이 질척였다. 원석은 집 앞에 멈춰 섰다. 손목시
계를 한 번 확인하고 약을 꺼내 이로 잘게 부숴 삼켰다.

담벼락 안쪽에서 유정이 떼를 쓰는 목소리가 들렸다. 엄마를 보러 가기 전까지 집에 들어가지 않겠다고 마당에 드러누운 것이다. 종규는 유정을 달래는 방법을 몰랐다.

"엄마한테 데려다줘! 엄마 보고 싶어!"

"안 된다고 했잖아!"

"왜, 왜, 왜! 왜 안 돼!"

유정이 마당을 데굴데굴 구르기 시작했다.

"최유정!"

종규가 유정을 꽉 붙잡았다. 유정이 자지러지게 울었다. 그 소리에 놀란 원석이 대문을 쾅쾅 두들겼다. 종규와 유정은 대문이 철컹거리는 소리에 그대로 멈췄다.

"저기요! 안녕시에서 나왔습니다!"

"무슨 일이세요?"

종규가 담벼락 밖으로 소리치며 불안한 표정으로 얼어 있는 유정을 일으켜 세웠다.

"신고가 들어와서요. 문을 좀 열어 주세요."

"무슨 신고……."

종규는 신고가 들어왔다는 말에 이상하다고 생각하며 문을 열었다. 문 앞에는 한 남자가 서 있었다.

"가, 감사합니다. 저번 금요일에 아, 아이를 때리는 장면을 목격한 사람이 있어서요. 아이를 좀 볼 수 있겠습니까?"

원석은 공무원증을 보여 주며 말했다. 종규는 원석이

이상하다고 생각했다. 눈은 먼지가 들어간 것처럼 쉼 없이 깜빡이고 손은 덜덜 떨고 있었다. 목소리도 쉬어서 어디가 아픈 사람처럼 보였다. 갑자기 원석이 종규 뒤에 있는 유정에게 손을 뻗었다.

"무슨 짓입니까?"

"아니, 확인, 확인을."

종규가 원석을 밀치자 원석의 손에서 가방이 떨어졌다. 가방 속에 있던 지갑, 약병, 물티슈, 곰돌이 열쇠고리가 밖으로 튀어나왔다. 원석은 열쇠고리를 집어 들었다. 종규의 발치 앞에 약병이 굴러왔다.

"항불안제?"

종규가 약병을 집어 들며 말했다. 뭔가 이상하다 싶었는데, 정신 질환자였다. 공무원증도 진짜인지 모르겠고 더 이상 대화하고 싶지 않았다. 종규는 원석의 짐을 가방 속으로 쑤셔 넣으며 원석을 밖으로 밀었다.

"됐고, 가세요."

"저기요! 저기요! 아이를 보게 해 주세요! 아이의 엄마는 어딨습니까? 아이, 아이를 때리지 마세요!"

원석은 종규의 힘에 밀리지 않으려고 거칠게 저항했지만 소용이 없었다. 종규는 원석의 시선이 유정에게 닿아 있는 것도 불쾌했다. 유정도 큰 소리에 놀란 눈치였다. 종규는 대문 밖으로 원석을 밀었다. 원석이 길바닥에 벌렁

나자빠졌다. 종규는 더 지켜보지 않고 쾅 소리를 내며 대문을 닫았다.

이순이 막 장을 보고 돌아오는 길이었다. 담벼락 너머로 원석의 말소리가 들렸다. 그러더니 파란색 대문이 열리고 원석이 나오며 넘어졌다. 원석은 바로 몸을 일으켰으나 곧바로 쓰러졌다.

"어머! 어떡해!"

이순이 원석에게 달려가 어깨를 잡고 흔들었다. 원석의 온몸에 식은땀이 가득했다. 원석은 눈을 뜨지 못했다. 이순은 깜짝 놀라 119에 전화했다.

"사람이 쓰러졌어요! 빨리 와 주세요!"

"주소가 어딥니까?"

"주소요?"

이순이 대문에 걸린 도로명 주소 표지판을 보고 대답했다.

"안녕시 중앙로 39 앞이에요! 인도에 쓰러져 있어요!"

파란집 대문이 살짝 열렸다. 피부가 까맣게 탄 날카로운 인상을 가진 종규와 옆에 지저분한 원피스를 입은 유정이 보였다.

"119 부르셨나요?"

"방금 이분이랑 얘기하셨나요?"

"공무원이라고 거짓말을 하길래……."

"거짓말 아니에요. 이분 저기 동사무소에서 일해요."

이순이 종규의 말을 자르며 말했다.

"정신과 약을 먹고 있던데요. 말도 횡설수설하고. 제가 아동 학대를 했다고 하질 않나."

"그쪽이 아이를 때린 걸 본 사람이 있어요."

"저는 아이를 때린 적 없습니다."

종규는 정색하고 대답했다.

"네, 그렇겠죠."

이순이 빈정대며 말했다. 아이를 때린 적이 없다니, 누군들 자기가 아동 학대범이라고 인정할까. 설사 때리지 않았더라도 아이가 저렇게 더러운 옷을 입고 돌아다니게 두는 걸 보면 제대로 보살피지 않는 게 확실했다. 종규는 이순의 표정에서 적대감을 느껴서인지 더는 말을 보태지 않고 대문을 닫았다.

정민은 당직실에서 걸려 온 전화를 받았다. 원석이 쓰러졌다는 전갈이었다. 급하게 병원으로 가 원석이 있는 침대 커튼을 열자 한 여성이 서 있었다. 단정하게 묶은 머리, 무채색의 카디건과 바지, 운동화 그리고 바닥에 놓인 장바구니가 눈에 띄었다. 부모님은 시골에 있다고 했는데 어머니는 아닌 것 같았다.

"안녕하세요."

"동료분이 오셨네요. 그럼 저는 이만."

이순이 옆에 있던 장바구니를 들고 병실을 나설 채비를
했다.

"저, 잠시만 뭐 좀 여쭤봐도 될까요?"

나가려는 이순을 막으며 정민이 물었다.

"네, 말씀하세요."

"원석 씨 어디서 발견하셨나요?"

"제가 다 말씀드려도 되는지 모르겠네요. 오늘 동사무소
에서 다투셨죠? 출장 가지 말라고 하셨는데, 선생님 말씀
을 듣지 않았어요. 찾아갔더라고요. 그 집 앞에서 발견했
습니다."

"오늘 동사무소에 계셨군요. 성함이 어떻게 되세요?"

"김이순입니다."

"원석 씨한테 전달해 드릴게요. 감사합니다."

"네, 수고하세요."

이순은 짐을 챙겨서 병실을 나왔다.

10

작년 겨울 복지정책과에서 근무하던 원석은 팀장과 함께
출장을 나왔다. 차가 막 골목길로 진입하자 내비게이션에
'목적지에 도착했습니다.'라는 창이 뜨더니 안내가 종료되
었다. 운전대를 잡고 있던 팀장이 말했다.

"고병욱 씨 집이 어디야?"

단독주택이 빽빽하게 붙어 있어서 주소를 봐도 위치를
찾기 어려웠다. 원석은 지도 앱과 바깥 풍경을 비교하다가
어떤 집을 가리켰다.

"저 집 같은데요."

"확실해? 그러지 말고 전화해 봐."

"네."

원석은 병욱에게 전화를 걸었다. 그사이 팀장은 주택가
앞 도로에 주차했다,

"여보세요. 고병욱 씨. 지금 집 근처까지 왔는데 정확한 위치를 모르겠네요."

"아, 애가 마중 나갔어요."

휴대전화 너머로 병욱의 웃음소리가 들렸다.

"애요?"

"뭐라는데?"

"애가 마중 나왔다는데요."

팀장과 원석은 차에서 내렸다.

"아이가 어디……."

팀장은 말을 다 잇지 못했다. 오늘은 1994년 이후 최고의 강추위로 전국에 한파주의보가 발령 난 날이다. 원석은 두꺼운 니트에 기모 바지 그리고 허벅지까지 내려오는 코트를 입고 있었고, 팀장도 가죽 잠바, 목도리, 장갑을 착용했다. 그런 날 이들 앞에 나타난 여자아이는 봄에나 입을 법한 잠바와 얇은 원피스 차림이었다. 원석은 아직 끊지 않은 전화기 속 병욱에게 물었다.

"여자아이인가요?"

"예, 걔 따라오세요."

통화가 종료되었다. 원석은 신청 서류에서 가족 관계 증명서를 찾아 이름을 확인했다.

"이름이 유리 맞니?"

유리는 대답 없이 고개를 끄덕였다. 유리는 잠바 주머니에서 손을 꺼내 따라오라는 듯 살짝 흔들었다. 원석은 코트 주머니에 가지고 있던 핫팩을 유리의 손에 쥐어 주었다.

"따뜻하지? 이거 아저씨는 필요 없어. 유리 가져."

유리는 고개를 끄덕이고 앞장섰다. 유리를 따라가니 빨 간색 대문이 나왔다. 대문은 녹이 슬어서 페인트가 떨어 지고 얼룩져 있었다. 유리가 문을 밀자 끼익하는 쇳소리 가 심하게 났다. 마당에는 병욱이 서 있었다. 언제 감았는 지 모를 정도로 엉겨 붙은 머리칼, 덥수룩한 수염이 눈에 띄었다. 패딩은 어디서 주워 온 건지 팔과 허리의 기장이 맞지 않았다. 옷차림만 봐도 병욱이 어떤 삶을 살고 있는 지 알 수 있었다. 병욱이 신발을 벗고 들어가 안내한 곳은 주택에 딸린 작은 쪽방이었다.

"여기서 생활하시는 거예요?"

팀장이 바닥에 앉으며 말했다. 원석은 집을 둘러보았다. 방에는 작은 싱크대 하나가 놓여 있었고, 화장실이나 침대 는 없었다. 본래 흰색이었을 두툼한 요 하나가 누런색으로 변한 채 한쪽 구석에 깔려 있었다. 정리되지 않은 옷더미 도 하나같이 더러웠다. 원석은 잡동사니 속에 아이의 물품 이 하나도 보이지 않는 게 신경 쓰였다.

"돈은 어떻게 버세요?"

"하루씩 대타로 택시 일 해요."

"택시에 애를 태우고 다니지 않으실 텐데, 아이는 어떻게?"

팀장이 택시 일을 한다는 말에 우려스럽게 물었다.

"애를 어떻게 태우고 다녀? 애 혼자서 여기 잘 있어요. 걱정 마."

"밥은요?"

"저기 있잖아. 배고프면 지 알아서 먹지."

병욱이 가리킨 곳에는 노란 양은 냄비가 있었다. 원석은 주춤거리며 일어나 양은 냄비 뚜껑을 열었다. 냄비 안에는 김치찌개에 밥을 말아 놓은 것이 있었는데 밥이 국물에 불어서 거의 떡처럼 보였다. 귀퉁이가 조금 파여 있는 걸 보니 유리가 몇 입 먹은 것 같았다. 원석은 뭐라고 말해야 할지 몰랐다. 여름이라면 음식이 금방 상했을 것이고 아이가 먹기에도 너무 매워 보였다. 원석은 냄비를 살짝 기울여 안에 뭐가 들어 있는지 팀장에게 보여 주었다.

"아……. 조심스러운 말씀인데 아이를 양육하시기에 좋은 환경은 아니시네요. 보호 기관 같은 곳에 맡겨 볼 생각은 없으세요?"

팀장도 안에 있는 음식을 보고 꽤 당황한 눈치였다.

"왜? 내가 키워야지. 애 없으면 수급비도 안 나와. 당신들도 지금 그거 때문에 나온 거 아냐? 한부모 양육비 생겼대서 신청했잖아."

병욱이 킬킬거리며 웃었다. 원석은 나라에서 지원하는 양육비가 정말 유리를 위해서 사용되는 것인지 의심스러웠다. 병욱의 술값이나 담뱃값으로 쓰이지 않을까. 그렇다고 양육 의지가 있는 보호자에게서 아무 이유 없이 아동을 데려갈 수는 없었다.

"알겠습니다. 현장 방문은 이 정도면 충분한 것 같네요. 이미 수급자로 지원받고 계셔서 한부모 가족도 선정되실 겁니다. 결과는 우편물로 받으실 거예요."

"수급비는 이번 달부터 나오는 겁니까?"

"네."

"예, 추운 날에 수고하셨네요. 들어가세요."

병욱은 씨익 미소를 지으며 인사했다. 여태 신발장 쪽에 쪼그려 앉아 있던 유리가 몸을 일으켰다. 원석이 유리의 머리를 쓰다듬어 주었다. 팀장과 원석은 그렇게 시청에 복귀했다.

원석은 시청에 복귀하자마자 아동 학대를 조사했다. 어떻게 하면 유리를 아동 보호 기관에 위탁할 수 있는지도 알아보았다. 보호 기관은 아동 학대로 들어온 아이가 아니라면 일반적인 위탁일 경우 언제든 부모가 아이를 데려갈 수 있다고 했다. 지금 당장 원석에게 주어진 방법은 이것뿐이었다. 병욱을 아동 학대로 신고할 만한 증거가 없기 때문이다.

"팀장님, 드릴 말씀이 있습니다."

"뭔데?"

"오전에 방문했던 고병욱 씨 집에서 아이를 구조하고 싶습니다."

"어떻게 하려고?"

"일단 고병욱을 설득해서 아이를 보호 기관에 위탁하는 방향으로 생각 중입니다."

"우리가 꼭 껴야겠어? 애를 때린 것도 아닌데. 아동 보호 기관에 먼저 말해 봐."

팀장은 원석의 의견이 탐탁지 않았다.

"보호 기관에 연락해 봤습니다. 기관에서는 아동 학대 신고가 들어온 게 아니면 개입하기 어렵다고 해요. 그러니까 제가 먼저 방문해서……."

"원석아. 네가 가면 고병욱이 가만히 있을 것 같아? 전에 방문했을 때도 수급비 달라고 징징대던 놈이야. 걔한테서 애 데리고 가 봐, 상상이 안 되니? 그 민원 감당할 수 있겠어?"

팀장은 원석의 말을 잘랐다. 그러고는 상상만 해도 골치가 아프다는 듯 관자놀이를 꾹꾹 눌렀다.

"감당해야죠. 팀장님도 보시지 않았습니까?"

"너는 그렇다고 치자. 여기 다른 동료들도 생각해야지."

"팀장님, 그렇다고 아이를 구하지 않는 건……."

"아니, 누가 구하지 말자고 했니? 아동 보호 기관에 넘기

라고. 네가 직접 개입하지 말고. 넌 꼭 나를 나쁜 사람으로
만든다."

"……."

"혼자서 찾아가지 말고, 알겠지?"

팀장은 더 들을 말이 없다는 듯 자리에서 일어나 원석
의 어깨를 토닥이며 사무실에서 나갔다. 원석도 자리에
돌아와 앉았다. 기분이 처참했다.

며칠 뒤, 원석은 혼자서 병욱의 집을 찾았다. 팀장은 원
석에게 혼자 가지 말라고 했지만, 원석은 매일 밤 유리가
눈에 밟혔다. 원석은 아동 보호 기관 입소 신청서를 서류
봉투에 넣었다. 유리를 위한 인형과 목도리도 챙겼다. 빨
간색 대문이 끼익 소리를 내며 열렸다. 원석은 방문 앞에
서서 문을 두들겼다.

"고병욱 씨 계세요?"

"누구셔?"

병욱이 문을 열었다. 술 냄새가 지독했다. 병욱은 헤실
헤실 웃으며 원석을 맞았다. 얼핏 보이는 방 안에는 빈 술
병이 여기저기 놓여 있었다. 병욱은 지금도 술에 잔뜩 취
한 모습이었다. 유리는 구석에 쪼그려 앉아서 원석을 올려
다보았다.

"안녕하세요. 시청에서 나왔습니다. 며칠 전에 왔었는데,

기억 나시죠?"

원석은 목에 걸려 있는 신분증을 보여 주었다.

"알지. 그럼."

"다름이 아니라 저희가 유리를 데려가고 싶어서요. 선생님께서 일을 하면서 양육하기 어려운 것 같고……."

"쟤? 어, 그래. 야, 너 이리 나와 봐. 이 아저씨 따라가."

병욱은 기분이 좋은지 혀가 꼬인 발음으로 유리를 불렀다. 유리는 앉아 있던 몸을 곧바로 일으켜 문으로 뛰어왔다. 허겁지겁 신발을 신는 모습에 원석은 마음이 아팠다.

"아이를 보호 기관에 맡기는 것에 동의하시는 거죠?"

"그럼, 좋지. 애 밥 챙겨 먹이는 것도 귀찮았어."

"여기 입소 신청서에 서명 한 번만 부탁드릴게요."

병욱이 술에 취해 있어서 다행이었다. 원석은 서류봉투에서 신청서를 꺼내 병욱의 서명을 받았다. 그가 기분이 좋을 때 빨리 아이를 데려가야 했다. 원석은 꾸벅 인사를 하고 유리를 안아 들었다. 생각보다 몸이 너무 가벼웠다.

"아저씨가 좋은 곳에 데려가 줄게. 너무 걱정하지 마."

유리는 대답 없이 고개를 끄덕였다. 원석은 빨간색 목도리를 유리의 목에 감아 주었다. 유리는 목도리에 얼굴을 파묻고 냄새를 맡았다. 말은 하지 않아도 좋아하고 있다는 게 느껴졌다. 원석은 순조롭게 유리를 구하게 되어서 얼떨떨한 기분이었다. 유리를 차에 태우고 미리 연락해 둔 아동 보호 기관으로 향했다.

"야! 이 도둑놈의 새끼야!"

사무실에 있던 직원들이 모두 놀라 출입구를 쳐다봤다. 고병욱이 술에 잔뜩 취한 채 서 있었다. 사무실을 휙휙 둘러보더니 원석을 향해 돌진했다. 그러고는 바로 멱살을 쥐었다. 옆에 있던 동료들은 깜짝 놀라 병욱을 말렸다.

"놔! 놓으라고! 이 개새끼가 내 딸을 데려갔다고!"

"선생님, 이거 놓고 말하세요!"

"내 딸, 내놔! 내 딸!"

병욱이 잔뜩 흥분해서 소리쳤다. 팀장은 병욱의 말을 듣자마자 원석이 무슨 일을 한 건지 눈치챘다.

"야, 이 쌍놈의 새끼. 너 때문에, 어? 수급비도 안 나오고! 나보고 굶어 죽으라는 거야! 네가 책임질 거야? 책임질 거냐고!"

병욱은 쉽게 멱살을 놓지 않았다. 손아귀 힘이 셌다.

"선생님, 진정하세요. 아이는 저희가 잠시 보호하고 있던 거고, 바로 데려가실 수 있습니다."

팀장이 병욱의 손을 떼어 내며 말했다.

"팀장님!"

원석이 버럭 소리쳤다.

"너는 여기 있고, 선생님은 저랑 나가시죠."

팀장은 원석의 말을 무시하고 병욱을 다독였다.

"이제야 말이 좀 통하네."

병욱은 그제야 원석의 멱살을 놓았다. 손을 툭툭 털더니 사무실 바닥에 침을 뱉었다. 그러곤 팀장을 따라 사무실에서 나갔다. 한순간에 사무실이 쑥대밭이 되었다. 원석은 병욱에게 유리를 넘겨줄 팀장이 원망스러웠다. 재빨리 차 열쇠를 챙겨서 사무실을 나와 보호 기관으로 갔다.

"주무관님, 이 시간에 어쩐 일이세요?"

보호 기관 선생이 의아한 듯 물었다.

"유리, 유리 좀 볼 수 있겠습니까?"

"지금 놀이방에서 놀고 있어요. 같이 가 보실래요?"

"감사합니다."

보호 기관 선생을 따라 원석은 놀이방으로 갔다. 놀이방 창문 안으로 친구들과 뛰어놀고 있는 유리가 보였다. 며칠 사이에 유리의 표정이 많이 밝아졌다. 뭐가 그렇게 재밌는지 아이들이 까르르 웃었다. 선생이 놀이방에서 유리를 데리고 나왔다. 원석은 무릎을 굽혀 유리와 시선을 맞추며 물었다.

"유리야, 아저씨 기억하니?"

"……."

유리는 고개를 살짝 끄덕이며 선생 뒤로 몸을 숨겼다.

"유리가 남자 어른을 무서워하더라구요."

"이해합니다."

원석은 유리에게 곰돌이 열쇠고리를 건넸다.

"유리야, 조금 있으면 아빠가 올지도 몰라. 너무 걱정하지 마. 이거 가지고 있으면 아저씨가 금방 데리러 갈게."

유리가 열쇠고리를 받았다. 원석은 유리의 머리를 쓰다듬었다. 유리의 아버지가 온다는 말에 보호 기관 선생도 놀라는 표정이었다.

"유리 아버지가 오신다고요?"

"네, 방금 시청에 찾아와서 난리를 치고 갔어요."

"어쩌면 좋아."

선생은 유리를 다시 놀이방으로 데려갔다. 원석과 선생이 사무실로 돌아오자 팀장과 병욱이 도착해 있었다. 팀장은 원석을 보자마자 단호하게 꾸짖었다.

"정원석, 너 이거 근무지 무단이탈이야."

"휴가 올렸습니다."

원석이 정색하고 대답했다.

"둘 싸우는 건 알아서 하고 내 딸 데려오세요!"

병욱이 사무실 책상 하나를 쾅쾅 치며 말했다. 원석은 팀장과 병욱을 더 볼 수가 없었다. 이러다가 오히려 원석이 사람을 한 대 칠지도 몰랐다. 원석은 선생에게 죄송하다고 인사를 하고는 사무실을 나왔다. 아마 유리는 오늘 보호 기관에서 나오게 될 것이다. 병욱이 아동 학대로 신고당하지 않는다면 언제든 유리를 되찾을 수 있다. 원석은 한 번이라도 병욱이 유리를 때리는 순간을 잡아야 했다.

원석은 병욱의 집으로 향했다. 병욱의 집 주변 쪽방마다 문을 두드렸다. 대부분의 사람들이 집에 없었다. 병욱과 바로 맞은편 집의 문이 열렸다. 거동이 불편해 보이는 할머니였다. 그녀는 아이에게 일이 생기면 전화를 줄 테니 수고비를 달라고 했다. 원석은 수고비로 십만 원을 주며 꼭 전화를 줘야 한다고 당부했다.

그로부터 며칠이 흘렀다. 이날은 동짓날이었다. 각 동부녀회에서 동지 팥죽을 만들어 시청에 돌렸다. 붉은 팥에 새알이 동동 담겨 있는 게 꽤 먹음직스러웠다. 원석의 휴대전화에 모르는 번호로 전화가 걸려 왔다.

"여보세요."

"애가 울어요."

"네?"

원석은 할머니의 목소리가 작아서 제대로 듣지 못했다.

"애가 운다고. 무슨 일 생기면 전화하라며."

원석은 할머니가 누군지 바로 알아차렸다. 지금 울고 있는 아이는 유리일 테다.

"왜 울어요?"

"술 먹고 애를 패는 거 같아. 들리는 말은, 아저씨 안 올 거다. 목도리 하지 말아라. 시끄러워 죽겠어. 하여튼 나는 내 할 일 했어요."

그 말을 마지막으로 전화가 뚝 끊겼다. 원석은 재빨리 외투를 챙겨서 사무실을 나왔다. 운전을 해 병욱의 집으로 가면서 112에 신고했다. 불안감 때문인지 목소리가 떨렸다. 목도리는 원석이 준 것이다. 그걸 트집 잡아 아이를 때리고 있다니 화가 나고 속상했다.

원석은 다시 빨간색 대문 앞에 섰다. 시끄럽다던 할머니의 말과 다르게 안은 매우 조용했다. 대문 아래로 물이 흘러나왔다. 검붉은 색이었다. 원석은 차가운 공기 속에 스민 피 냄새에 소름이 끼쳤다. 문이 끼익 소리를 내며 열렸다. 마당에는 유리가 쓰러져 있었다. 입고 있던 옷이 피로 젖었다. 목에 감겨 있는 목도리가 축축했다.

"유리야! 유리야! 정신 차려! 눈을 떠!"

원석은 유리를 끌어안았다. 유리의 머리에서 피가 멈추지 않았다. 주변에는 깨진 소주병이 여러 개 있었는데, 병욱이 소주병으로 머리를 때린 것 같았다. 원석이 유리를 안아 들고 막 일어서려는 순간 병욱이 각목을 들고 나타났다.

"어디 가! 이 도둑놈 새끼!"

병욱은 원석을 각목으로 내리쳤다.

"악!"

원석이 각목을 맞고 바닥으로 쓰러졌다. 원석의 머리에서 피가 났다. 핏물이 눈으로 흘러들어 와 온 세상이 새빨갛게 보였다.

"내 딸이야! 내 딸!"

병욱이 다시 각목을 들어 올리는 게 보였다. 원석의 귓가에 경찰차 사이렌 소리가 들렸다. 원석은 유리를 품에 꼭 안고는 눈을 감았다. 그리고 정신을 잃었다.

11

유정은 하루 종일 엄마가 보고 싶다고 울다가 지쳐서 잠
들었다. 종규는 유정을 조심스럽게 안아서 침대에 눕혔
다. 지저분한 원피스를 당장 갈아입히고 싶었지만, 여기
서 더 부산스럽게 한다면 유정이 깰지도 몰랐다. 물티슈
로 원피스를 살살 닦았다. 종규는 눈물 자국이 남은 유정
의 얼굴도 살살 닦아 주었다. 그토록 보고 싶었던 아이였
지만, 이렇게 혼자 아이를 돌보게 될 거라고는 상상하지
못했다.

종규는 작게 한숨을 쉬며 아이의 방문을 닫고 나온 후,
지갑을 챙겨 편의점으로 가 소주 네 병, 마른안주 한 개를
사 왔다.

종규는 주방 식탁에 앉아서 소주잔에 술을 따랐다. 원
석이 한 말이 머릿속에서 떠나지 않았다. 종규가 아이를

때렸다고 확신하는 이순의 목소리도 마음을 불편하게 만들었다. 종규는 어쩌다 본인이 아이를 때렸다는 오해를 산 건지 지난날을 복기했다.

아동 폭력은 아니어도 유정에게 아빠로서 의지가 되어주고 있는가에 대한 물음에는 대답할 수 없었다. 유정에게 밥을 차려 주고 옷을 입히는 게 전부가 아니다. 심지어 제대로 먹이지도 못했다. 유정은 자신을 살펴 주던 모든 어른을 갑작스럽게 잃었다. 갑자기 나타나서 아빠라고 주장하는 종규가 유정의 곁을 지킬 수 있는 유일한 어른이었다.

종규 역시 부모를 잃은 자식이었다. 심지어 몇 년 동안 배를 탄다고 제대로 뵙지도 못한 아들이었다. 성격도 무심해서 먼저 연락하는 일도 없었다. 종종 항해를 잘하고 있다는 안부 전화도 위성 전화료가 비싸다는 이유로 일 년에 한두 번으로 줄였다. 부모님의 목소리를 들은 게 언제인지 기억나지 않았다. 종규도 유정처럼 엄마가 보고 싶다고 목 놓아 울고 싶었다. 거실 벽에 걸려 있는 가족사진 속에 웃고 있는 부모님의 얼굴이 보였다. 빈 술병이 하나둘 늘어나는 만큼 얼굴이 흐릿해졌다. 부모 앞에서 이렇게 술판이나 벌이고 있는 한심한 놈. 누구든 자신의 등짝을 치면서 그만 마시라고 잔소리라도 해 주길 바랐다. 이제는 이룰 수 없는 소원이었다.

"엄마······."

종규가 엄마를 불렀다. 눈물이 툭 터지듯 흘렀다. 유정이 깰까 봐 소리를 참으려고 애썼다. 울음을 참으려고 하니 숨이 찼다. 가슴을 치며 아버지도 불렀다.

"크흡, 아버지, 제발. 다연이는 데려가지 마세요. 제발······."

종규는 돌아가신 부모님에게 빌었다. 죄송하다고 빌었고, 살려 달라고 빌었다. 술병을 붙잡고 남아 있는 술을 털어 마셨다. 비틀거리며 가족사진 앞으로 가 부모님의 얼굴을 쓰다듬었다. 그러고는 쓰러지듯 누워 가족사진을 끌어안은 채 몸을 둥글게 말고 잠들었다. 그토록 그리워하던 집에 돌아왔지만 외로운 밤이었다.

12

이순은 출근을 위해 일찍 일어나는 습관을 고치지 못해 매일 새벽에 눈을 떴다. 처음에는 늦잠을 자 보려고 했지만, 그마저도 힘들어 매일 아침 산책을 나오곤 했다. 오늘도 동네 뒷산에 올라갔다가 막 평화공원을 가로지르며 집으로 가던 중이었다. 어린아이가 우는 소리가 들렸다.

"엄마, 엄마……."

아직 이른 시간이어서 그런지 놀이터에는 사람이 없었는데, 유정이 입고 있는 원피스가 먼저 눈에 들어왔다. 어젯밤 원석을 만났을 때 문틈 사이로 본 원피스와 비슷했다. 이순은 울면서 천천히 걸어가고 있는 유정에게 다가갔다.

"길을 잃어버렸니?"

유정의 목에는 '최유정♥'이라고 적힌 목걸이가 원피스 밖으로 나와 있었다. 유정은 고개를 저으며 대답했다.

"집 저기 있어요."

유정이 작은 손가락으로 집이 있는 방향을 가리켰다.
맞다. 그 길로 가면 파란색 대문집이 나온다. 이순은 어제
본 아이가 유정이라고 확신했다.

"그럼 뭘 찾고 있는 거니?"

"엄마요."

"이렇게 해서는 엄마를 찾을 수 없어. 아빠한테는 말해
봤니?"

이순은 유정이 걱정되었다. 어린아이 혼자서 돌아다니
다간 어떤 일이 일어날지 몰랐다. 아무리 집의 방향을 알
고 있다고 해도 집에서 더 멀어지면 찾을 수 없을 것이다.
이렇게 혼자서 돌아다니게 할 수는 없었다.

"아빠 아니야! 엄마가 보고 싶어요."

"아빠가 아니라고?"

유정의 대답에 이순의 심장이 내려앉았다. 유정은 고개
를 끄덕였다.

"아빠 집에 있는 거 아니니?"

"저는 아빠 없어요."

유정의 대답이 단호했다. 그렇다면 이순이 본 남자는
누구란 말인가. 이순은 유정의 말에 혼란스러웠다. 만약
그 남자가 아빠가 아니라면 유정은 납치나 감금을 당하고
있는 것인지도 몰랐다. 이순은 유정을 집으로 돌려보낼

수 없었다. 아이의 말대로 정말 엄마의 행방을 찾는 방법
밖에 없었다.

"그럼 집에 안 들어갈 거니?"

"엄마 찾아야 해요."

"아줌마가 엄마 만날 수 있게 도와줘도 될까?"

"정말요?"

"응, 아줌마는 어른이잖아. 일단 아줌마 집에 같이 갈래?"

"네."

유정은 생각보다 이순을 경계하지 않고 잘 따랐다. 보호
자에게 허락받지 않고 아이를 데려가는 게 좋은 행동이 아
니란 걸 알고 있었지만, 다른 방법이 생각나지 않았다. 유정
의 차림새가 너무 더러웠고 생각보다 훨씬 야위어 있었다.
이순은 유정의 손을 잡고 집으로 향했다.

"유정아, 너 여기 사는 거 맞니?"

이순이 파란색 대문집을 가리켰다.

"네. 맞아요. 진짜 엄마 만날 수 있어요?"

"그럼. 아줌마 친구한테 부탁하면 될 거야."

"정말요? 진짜 좋아요!"

유정은 곧 엄마를 만날 수 있다는 생각에 신이 났다. 유
정을 집으로 데려간 이순은 유정의 신발을 벗기고 욕실 앞
으로 데려갔다.

"아줌마가 유정이 씻겨 줘도 괜찮을까? 원피스도 벗어

주면 깨끗하게 빨아 줄게. 그동안 다른 옷을 입고 있자. 엄마가 보면 속상할 것 같아."

유정은 원피스를 손에 꼭 쥔 채 말했다.

"엄마가 왜 속상해요?"

"엄마는 네가 깨끗한 옷을 입고, 밥도 맛있게 먹고 있기를 바랄 테니까."

이순은 유정의 눈높이에 맞춰서 설명했다.

"저는 그냥 엄마가 보고 싶은걸요."

"그래, 엄마도 유정이가 보고 싶을 거야."

이순은 유정을 안아 주었다. 유정은 이순이 할머니처럼 느껴졌다. 할머니가 해 주는 따뜻한 말과 포옹이 좋았다. 유정은 며칠 동안 입었던 원피스를 벗었다. 이순은 유정을 따뜻한 물로 씻겨 주었다. 머리는 흙먼지가 가득했고 얼마나 울면서 돌아다닌 건지 볼에는 눈물 자국이 가득했다.

유정은 오랜만에 깨끗한 모습이 되었다. 이순은 흰색 반소매 티를 하나 꺼내 유정에게 입혔다. 이순의 옷이 유정에게 크다 보니 원피스처럼 치렁치렁했다. 이순은 유정의 머리카락을 드라이기로 말려 주었다.

"밥은 먹었니?"

"아니요."

"아줌마랑 밥 먹을까?"

"네."

이순은 아이들이 좋아할 만한 메뉴를 머릿속에 떠올렸다. 다행히 어제 장을 봐 와서 재료는 충분했다. 당근과 쪽파를 송송 썰어 달걀을 푼 볼에 담았다. 프라이팬에 기름을 두르고 계란말이를 만들었다. 한쪽에는 작은 뚝배기를 꺼내 가스 불에 올렸다. 아이가 먹기 쉽도록 잘게 썬 두부와 애호박, 양파를 넣고 된장찌개도 끓였다. 조미김까지 뜯어서 식탁 위에 올리니 그럴듯한 아침상이 차려졌다.

"케첩 뿌려 줄까?"

"네!"

유정이 기운차게 대답했다. 계란말이 위에 케첩으로 하트 모양을 그려 주니 유정이 웃으며 말했다.

"엄마가 해 준 거랑 똑같아요."

유정은 작은 손가락을 놀리며 열심히 아침밥을 먹었다. 이순은 아이가 먹는 모습만 봐도 배가 부르다는 말이 떠올랐다. 볼 옆에 붙어 있는 밥알마저 사랑스러웠다. 유정이 식사를 다 하자 이순은 딸기를 씻어서 꼭지를 따 접시에 담아 주었다. 유정의 입으로 딸기가 하나씩 사라졌다. 이순이 식탁 위를 정리하면서 물었다.

"언제부터 엄마를 못 봤니?"

"열 밤. 아니, 백 밤은 되었어요!"

유정이 팔을 길게 뻗으며 큰 동그라미를 그렸다.

"이만큼 보고 싶어요. 많이."

이순은 유정의 모습을 보자 삼십 년 전에 두고 온 자식들이 떠올랐다. 그 아이들도 오랜 시간 엄마를 찾았을 거란 생각에 눈물이 날 것 같았다. 집으로 돌아오지 않는 엄마를 매일 밤 기다렸을지도 모른다. 더 자라서는 자신들을 두고 떠난 엄마를 원망했을 것이다. 때늦은 후회가 몰려왔다. 삼십 년 전 추운 겨울이 떠올라 눈물이 흘렀다. 이순이 울자 유정은 작은 손으로 이순의 눈물을 닦아 주었다.

　"아줌마, 울지 마세요."

　"그래, 고마워."

　이순은 이 작은 손에서 위로를 받고 있었다. 이건 지난날의 잘못을 갚을 기회다. 이순은 꼭 유정에게 엄마를 찾아 주겠다고 다짐했다.

◆ 13

몇 주 전, 서심은 산부인과에서 태아 검사를 하고 집으로 향하는 길이었다. 하교 시간이라 버스는 교복을 입은 학생들로 만원이었다. 노약자석에는 나이가 든 할아버지, 몇몇 학생들, 유정을 무릎에 앉힌 다연이 앉아 있었다. 다연은 서심의 동그란 배를 보자 의자에서 일어나 자리를 양보했다.

[감사합니다.]

서심은 다연이 수어를 몰라도 이 동작이 무엇을 의미하는지 알 수 있을 것 같았다. 엄마를 따라 자리에서 일어나게 된 유정은 서심의 수어를 보더니 열심히 '감사합니다'를 따라 했다. 순진한 아이의 모습이 사랑스러웠다.

[귀엽다.]

서심은 배 속에 있는 아이도 유정처럼 착하게 자라길

바랐다. 똑똑한 것도 좋지만 다른 사람을 배려할 수 있는 사람으로 성장하기를 원했다. 이 생각이 아이에게도 전해지길 바라며 배를 쓰다듬었다. 버스가 여섯 정거장을 지나고 내려야 하는 정류장에 도착했다. 다연과 유정도 함께 하차했다. 서심의 걸음이 늦다 보니 자연스럽게 다연과 유정의 뒤를 쫓아가게 되었다. 다연의 말에 활짝 웃으며 재잘대는 유정의 모습이 정말 천사 같았다. 두 사람은 파란색 대문집 안으로 들어갔다. 그 집 담벼락을 타고 피어난 분홍색 나팔꽃이 참 아름다웠다.

그 뒤로 서심은 베란다 밖 풍경을 볼 때마다 파란색 대문집이 눈에 들어왔다. 마당에 다채롭게 피어 있는 꽃을 보기도 하고, 가끔은 마당을 뛰어다니는 유정을 보기도 했다. 그 가볍고 장난스러운 뜀박질을 보고 있으면 아이의 미소가 눈앞에 보이는 것 같았다. 파란색 대문집에는 늘 엄마와 아이 둘뿐이었는데 어느 날 낯선 남자를 보게 되었을 때 유정은 마당에서 울고 있었다.

지난밤 서심은 원석이 파란색 대문집으로 가는 것을 지켜봤다. 원석이 대문 밖으로 밀려 쓰러졌을 때는 돕기 위해 나갈 생각이었다. 마침 이순이 원석을 발견하는 걸 보고 안심했다. 구급차에 함께 타는 모습까지 보고 나서야 베란다 앞을 떠날 수 있었다. 이후 서심은 문제를 함께 공유하던 사람들이 사라져서 어떻게 해야 할지 막막했다.

다음 날 누가 집에 찾아와 초인종을 눌렀다. 서심이 문을 여니 체구에 비해 큰 반소매 티를 입고 있는 유정과 함께 이순이 서 있었다. 이순은 서심과 눈이 마주치자 멋쩍게 웃었다. 서심은 유정이 이곳에 있다는 게 믿기지 않았다. 이순에게 묻고 싶은 게 많았다. 이순은 재빠르게 노트를 펼쳐 서심에게 그림을 보여 줬다. 첫 번째 그림은 동사무소 건물, 두 번째는 남자, 세 번째는 휴대전화와 명함이었다. 서심은 이 그림이 원석의 명함이란 걸 이해했다.

[조금/기다리다/부탁하다]

서심은 방으로 가 지갑 속에서 명함을 꺼내 이순에게 주었다. 이순이 연신 고맙다고 인사했다. 서심은 지금 그 무엇보다 아이를 어떻게 데리고 있게 된 건지 너무 궁금했다. 이순이 원석을 부르면 자초지종을 물어봐야겠다고 생각했다.

◆ 14

원석은 안개가 가득한 곳에서 눈을 떴다. 달빛도 없이 모
든 곳이 어두컴컴했다. 길은 비가 오다가 그친 것처럼 축
축했다. 어디선가 물방울 떨어지는 소리가 들렸다. 일정
한 박자로 바닥에 부딪히며 '똑' 소리가 났다. 원석은 소리
가 나는 곳으로 향했다. 앞이 잘 보이지 않아서 걷는 속도
가 느렸다. 천천히 앞으로 걸어가자, 안개가 걷히면서 빨
간색 대문이 나타났다. 텅 비어 있는 길에 벽도 없이 그저
문만 덩그러니 놓여 있었다. 원석은 문을 열었다. 문이 열
리는 소리는 들리지 않았다. 문 안쪽 흙바닥에는 곰돌이
인형이 떨어져 있었다. 원석이 유리에게 주었던 열쇠고리
와 닮은 인형이었다.
　원석이 인형을 줍기 위해 몸을 숙이자, 인형의 머리에
서 피가 흐르기 시작했다. 갈색이었던 몸에 빨간색이 섞

이면서 검은색으로 변했다. 인형이 입술을 벌리며 말했다.

"왜 이렇게 늦게 왔어요?"

"으악!"

원석이 소리를 지르며 일어났다. 흰색 천장이 눈에 들어왔다. 같은 병실을 쓰고 있는 사람들이 모두 원석을 쳐다봤다. 원석이 입고 있는 환자복이 식은땀으로 젖어 있었다. 간이침대에서 잠을 자고 있던 정민도 원석의 비명을 듣고 일어났다.

"원석 씨, 괜찮아?"

"헉, 헉. 주무관님, 여긴, 어디……."

원석이 거칠게 숨을 몰아쉬었다.

"안녕대병원이야. 악몽이라도 꿨어?"

"네……."

"천천히 숨을 들이쉬었다가 내쉬어. 걱정하지 말고 진정해. 다 꿈이야."

정민은 원석이 진정할 수 있도록 두 손을 잡아 주었다. 원석은 정민이 내쉬는 호흡을 따라 심호흡을 했다.

"고맙습니다. 주무관님. 제가 왜 여기 있는 거죠?"

"어제 쓰러졌잖아. 기억 안 나?"

"아……."

원석은 어젯밤 일이 떠올랐다.

"주무관님이 구해 주신 건가요?"

"아냐, 김이순 씨가 신고해 줬어. 나는 당직실 전화 받고 온 거고."

"그랬군요."

원석이 고개를 살짝 숙이며 말했다.

"나는 간호사한테 가서 일어났다고 말하고 올게. 잠깐 기다리고 있어."

"네."

정민이 병실을 나갔다. 얼마 지나지 않아 담당의가 찾아왔다. 의사는 이전에 머리를 다쳤던 이력이 있으니 뇌 MRI 검사를 해 보자고 했다. 혹시라도 뇌혈관에 문제가 있으면 심각한 상황이라고 했다. 원석은 MRI 검사를 했으나 검사 결과는 깨끗했다. 의사는 진정제 과다 복용과 일시적인 흥분이 저혈압을 일으킨 것 같다고 했다. 몸에는 이상이 없으니 퇴원해서 안정을 취하라는 처방이 내려졌다. 의사와 면담이 끝나자, 정민은 퇴원 절차를 밟고 오겠다며 병실을 나갔다. 그때 원석의 휴대전화에 모르는 번호가 떴다.

"여보세요."

"안녕하세요, 김이순입니다."

"아, 선생님. 안녕하세요. 말씀 전해 들었습니다. 도와주셔서 정말 감사합니다."

"아니에요. 몸은 좀 괜찮으세요?"

"덕분에 괜찮습니다. 지금 퇴원하려고 합니다."

"정말 다행이네요. 그럼 거두절미하고 말씀드릴게요. 제가 아이를 보호하고 있어요."

"아이요?"

"네, 원석 씨가 어제 찾아갔던 집, 아이 이름이 유정이에요. 실은 제가 말하지 않았지만 서심 씨가 경찰에 신고할 때 저도 같이 있었어요. 아이가 길에서 엄마를 찾으며 돌아다니고 있길래 말을 걸었는데, 같이 있는 남자가 아빠가 아니라고 하네요. 제가 해 줄 수 있는 게 없어서 연락드렸어요. 아이 엄마의 행방을 알 수 있을까요?"

"지금 어디세요?"

"집이에요."

"제가 바로 갈게요."

막 병실로 들어오던 정민이 원석의 마지막 말을 들었다. 원석은 정민을 보자 당황하며 전화를 끊었다.

"원석 씨! 지금 어딜 간다는 거예요?"

"주무관님, 죄송하지만 저는 가야 해요."

원석은 남의 시선은 신경 쓰지 않고 환자복을 벗기 시작했다. 정민은 그 모습에 머리가 아팠다. 일단 원석을 가리기 위해 침대 커튼을 쳤다.

"의사가 안정을 취하라고 한 말 못 들었어요?"

"아이가, 아니, 아이를 데리고 있대요."

"아이?"

"이번에는 정말 구해야 해요. 아이를 그 남자한테 보내면 안 돼요. 아빠도 아니래요. 아이가 죽을지도 몰라요. 나는 그걸 또 볼 자신이 없어요. 나도 죽어 버릴지도 몰라요."

"정원석! 진정해! 아니야, 아닐 거야. 진정해요. 내가 같이 가 줄게."

단추를 푸는 원석의 손이 몇 번씩 미끄러졌다. 정민은 어쩔 수 없다고 생각하며 원석의 환복을 도왔다. 옷을 다 갈아입자 원석이 정민을 재촉했다.

"빨리, 빨리 가요."

"알겠어."

하루밖에 입원하지 않았기 때문에 병실에 짐은 없었다. 정민은 원석이 벗어 둔 환자복을 정리해서 침대 위에 올려 두고 병실을 나왔다. 지하 주차장에 정민의 차가 주차되어 있었다. 원석과 정민은 차에 탑승했다.

"원석 씨, 주소 알고 있어?"

"안녕시 중앙로 45, 행복빌라예요."

원석은 전날 서심의 집을 찾을 때 적어 두었던 주소를 불렀다. 정민은 내비게이션에 행복빌라를 입력했다. 차가 부드럽게 움직이며 주차장을 빠져나갔다.

◆ 15

"아, 머리야……."

술도 잘 먹지 못하면서 빈속에 소주를 마셨더니 숙취로 머리가 깨질 듯이 아팠다. 딱딱한 거실 바닥에서 잠들어서 그런지 어깨와 등도 불편했다. 정신을 차리기 위해 시원한 물이라도 한 잔 마시려고 주방으로 갔다. 식탁 위에 뜯지도 않은 안주가 보였다. 종규는 안주라도 같이 먹을 걸 하고 후회했다. 차가운 물이 식도를 타고 내려가는 느낌이 좋았다. 머리가 점점 맑아지는 기분이었다. 유정이 보기 전에 술병을 치워야 했다.

술병을 가지런히 모아서 주방 뒤에 있는 베란다에 숨겼다. 베란다 창문으로 들어오는 햇빛이 강했다. 집이 지나치게 조용하다 싶어 종규는 아직도 유정이 자는지 살피려고 유정의 방문을 열었다.

그러나 침대 위에는 아무도 없었다. 이불을 들춰 보고, 침대 아래에 숨어 있나 살펴봐도 아이의 흔적을 찾을 수 없었다. 종규는 유정의 방에서 나와 안방, 화장실, 서재 등 닥치는 대로 문을 열어 보았지만, 적막한 공기만 흐를 뿐이었다. 종규는 현관 앞에서 유정이 항상 신는 캐릭터 운동화가 보이지 않는다는 사실을 알아챘다. 유정이 집을 나간 것이다. 종규는 휴대전화를 챙겨 집을 나섰다. 어디로 간 걸까. 유정은 분명 엄마를 찾아 나섰을 것이다. 다연과 유정이 평소 잘 가던 곳을 찾아야 하는데 종규는 알 수 없었다.

"유정아! 유정아!"

종규는 유정의 이름을 애타게 부르며 동네를 돌아다녔다. 편의점이나 가게에 들어가서 휴대전화 속 유정의 사진을 보여 주며 혹시 이 아이를 본 적이 있냐고 물었다. 옷이 지저분하다, 운동화를 신고 있다, 이렇게 생겼는데 정말 본 적 없는지 묻고 다녔다. 사람들은 모두 유정을 본 적이 없다고 했다. 종규는 절망했다. 본인이 유정의 이름을 애타게 부른다고 해서, 유정이 자신에게 나타날 거란 자신도 없었다. 오히려 목소리를 듣고 도망갈지도 모른다는 두려움이 컸다.

"자세히 좀 봐 주세요. 이렇게 생긴 애 못 보셨어요?"

"정말 못 봤다니까 그러네. 그러지 말고 경찰에 신고는 하셨어요?"

"아, 경찰!"

종규는 경찰에 신고하는 것조차 잊고 있었다. 종규는 자신의 물음에 짜증을 내던 편의점 주인에게 감사하다고 인사를 하며 밖으로 나왔다.

"112 신고센터입니다."

"저, 아이를 잃어버렸어요. 빨리 좀 찾아 주세요."

"어디서 아이를 잃어버리셨나요?"

"집에서요. 아이 혼자서 집을 나갔는데 찾을 수가 없어요."

"아이가 몇 살입니까?"

"다섯 살요."

"집 주소가 어딘지 알려 주세요."

"경기도 안녕시 중앙로 39입니다."

"네, 알겠습니다. 관할 지구대에서 곧 출동할 예정입니다. 아이가 나간 지 얼마나 되었나요?"

"모르겠어요. 지금 제가 찾으러 나온 지 한 시간 정도 지났습니다."

"알겠습니다. 선생님 연락처를 출동 경찰관에게 전달하겠습니다."

"빨리 와 주세요."

종규도 걸음을 빨리하며 집으로 향했다. 목적 없이 돌아다니다 보니 집에서 꽤나 멀리 와 있었다. 온몸이 땀으로 흠뻑 젖었다. 집 앞에 도착하니 경찰차가 막 주차하는 게 보였다.

현철과 인범이 파란색 대문집 앞에 차를 세우고 내렸다. 초인종을 누르려는데 멀리서 종규가 손을 흔들며 뛰어왔다.

"저기요! 접니다. 제가 신고했어요."

"아이를 잃어버리셨다고요?"

현철은 신고센터에서 전달해 준 내용에 관해 물었다.

"네, 네."

종규가 숨을 헐떡이며 말했다.

"아이와 관계가 어떻게 됩니까?"

"아빠입니다."

"사진 있으신가요."

"여기요."

종규가 휴대전화의 잠금을 해제하자 천진난만하게 웃고 있는 유정의 사진이 떴다.

"아이 이름이랑 나이도 알려 주세요. 제 전화번호 찍어 드릴 테니까 사진 바로 보내 주세요."

"이름은 최유정. 다섯 살입니다."

현철은 종규의 휴대전화를 받아 번호를 입력했다. 종규가 바로 아이의 사진을 보냈다.

"신분증도 보여 주세요."

종규는 뒷주머니에서 지갑을 꺼내 주민등록증을 내밀

었다. 현철은 사진을 찍고 곧바로 무전기를 꺼냈다.

"여기는 경 7, 경 7. 안녕서 응답 바랍니다."

"안녕서입니다. 지원 요청입니까?"

"네. 다섯 살 여아 실종입니다. 사라진 시각은 미상이고 사진 올려 둘 테니 각 지구대에 공유해 주세요. 가능하면 중앙동 위주로 순찰 부탁드립니다."

"네, 알겠습니다."

현철은 서에 종규의 가족관계 조회도 요청했다. 종규와 실종자의 관계를 확인하기 위해서였다. 종종 정신 질환자가 엉뚱한 신고를 하기도 하므로 꼭 이중으로 확인해야 했다.

"아이가 없어진 건 언제 아셨습니까?"

현철이 휴대전화로 협조를 요청하느라 바쁜 사이 인범이 종규에게 물었다.

"제가 어제 술을 마시고 잠들어서. 눈을 떠 보니 아이가 집에 없었습니다. 한 시간 전에 알았습니다."

"아이가 평소에 친하게 지내는 친구는 없나요?"

"친한 친구가 누군지 모릅니다."

종규가 자신 없는 목소리로 말했다.

"아…… 뭐, 아버님들은 관심이 없기도 하죠. 그래도 엄마는 알 텐데, 아내분은 안 계신가요?"

"네, 없습니다."

"가까운 친척이나 할머니, 할아버지는요?"

"가까이 사는 친척도 없고 할머니, 할아버지는 근처에 사셨는데 얼마 전에 모두 돌아가셨습니다."

인범이 작게 한숨을 내쉬었다. 아빠가 이렇게 정보를 모를 땐 엄마한테 물어봐야 하는데, 엄마도 집에 없다니 답답했다. 최근에 이혼이라도 한 건지 종규의 반응이 지나치게 우울해 보였다.

"그럼 주변에 아이를 데려갈 어른은 없다는 거죠?"

"네."

인범은 종규의 말을 듣고 재빠르게 주변을 살펴보았다. 다행히 집 앞 사거리에 CCTV가 있었다. 인범은 현철의 어깨를 살짝 치고 CCTV를 가리켰다. 현철이 고개를 끄덕였다.

"선생님은 일단 동네 한 번 더 살펴봐 주시고, 저희는 관제센터로 가서 저 CCTV 먼저 확인해 보겠습니다. 아이가 입고 있던 옷 뭔지 알 수 있습니까?"

"네, 분홍색 원피스인데. 어제 마당을 굴러서 지저분합니다. 또 운동화를 신고 있습니다."

"알겠습니다. 아이를 찾으면 다시 연락드리겠습니다."

"감사합니다."

종규가 허리를 숙이며 인사했다. 현철과 인범은 사거리 전봇대에 설치되어 있는 배전함을 살폈다. 모든 CCTV에는 각각의 고유번호가 있다. 현철은 배전함에 적혀 있는 고유번호를 수첩에 적었다. 현철과 인범은 CCTV 관제센터로 이동했다.

관제센터는 365일 24시간 운영되었다. 스무 명의 관제요원이 안녕시에 설치되어 있는 오천육백 대의 CCTV를 항상 모니터링하고 있었다. 관제 요원마다 각 네 대의 모니터를 살폈다. 중앙에는 모니터링 화면을 공유할 수 있는 대형 스크린이 펼쳐져 있는데 안녕시의 주요 도로, 날씨, 교통 신호 제어 등 다양한 현황을 보여 줬다.

현철이 관제 요원에게 종규의 집 앞에서 확인한 고유번호를 알려 주자 관제 스크린에 영상이 나타났다. 생각보다 종규의 집 대문이 작게 나왔다. 아이가 나온 시간을 알 수 없어서 오전 여섯 시부터 네 배속으로 재생했다. 오전 아홉 시 파란색 대문을 밀고 여자아이가 나오는 게 보였다.

"저 아이 같은데, 맞습니까?"

관제 요원이 말했다.

"인상착의가 맞습니다. 어느 쪽으로 이동했는지 계속 쫓아가 주세요."

인범이 대답했다. 관제 요원은 아이를 특정하고 주변 CCTV를 통해 유정의 이동 경로를 따라갔다. 유정이 울면서 공원으로 향했다. 어린이 공원은 영상정보 처리기기가 의무로 설치되어 있는 곳이다.

"다행히 공원으로 가네요."

놀이터 방향으로 걸어가던 유정에게 이순이 다가갔다. 그러더니 이순의 손을 잡고 이동했다. 생각보다 영상의 화질이 좋지 않아서 얼굴이 식별되지 않았다.

"주변에 돌볼 수 있는 사람 없다고 했지?"

인범이 현철에게 물었다.

"네, 이거 아무래도 납치일까요?"

"그럴지도 모르지."

관제 요원은 계속 이순과 유정의 행적을 쫓았다. 그 둘은 다시 종규의 집 앞에서 멈춰 섰는데, 이순이 손으로 집을 가리켰다. 현철은 그 장면을 보고 이 사건이 납치가 아닐 것 같다고 생각했다. 보통 아동 유괴나 납치는 아이를 데려가면서 곧바로 이동 수단을 이용해 장소를 벗어나는 경향이 있다. 아이의 집을 정확하게 짚어 내는 건 이웃일 가능성이 높았다.

"이상하긴 하네요. 집을 가리키는 걸 보면 납치는 아닌 것 같은데요."

"그러게. 뭐라고 대화하는지 알 수 있으면 좋으련만."

이때 현철의 휴대전화 진동이 울렸다.

"계장님, 최종규 씨 아내가 있는데요? 이름은 문다연. 자녀 이름은 최유정이 맞습니다. 부모님 돌아가신 게 아무래도 사고 같습니다. 사망 일자가 똑같네요."

"최유정, 최유정⋯⋯."

인범이 유정의 이름을 되뇌었다. 그러더니 무언가 떠오른 것처럼 수첩을 펼쳐 이름을 찾았다.

"찾았다. 최유정!"

"네?"

"안녕대병원 앞 사거리. 음주 운전 교통사고. 아이 이름은 최유정. 엄마는 의식 불명에 아빠가 배 타고 있다고 장례식도 먼 친척이 했잖아."

"그 사고, 기억나요. 아이는 크게 안 다쳤다고 하더니 금방 회복했나 보네요."

"이제야 이해가 되네. 아빠가 바다에 나가 있었으니 아는 게 하나도 없지. 어쩐지 너무 모른다 싶었어. 일단 저 빌라부터 돌자. 나도 납치가 아닌 것 같지만 일단 우리는 찾아야지."

"네, 알겠습니다."

"요원님, 저 아이 영상에 다시 잡히면 바로 연락 부탁드립니다."

"네, 경찰관님."

현철과 인범은 관제센터를 나왔다.

계단을 오르는 발소리가 다급하게 들렸다. 이순은 원석이 초인종을 누르기도 전에 문을 열었다. 원석이 괜찮아졌다고 들었는데 지금 봐선 곧 쓰러질 것처럼 불안해 보였다. 원석과 다르게 침착한 걸음으로 정민이 뒤따라 들어왔다.

"금방 오셨네요. 아이는 지금 옷을 갈아입고 있어요."

"아이는 괜찮나요?"

원석은 인사도 하지 않고 물었다.

"밥도 잘 먹고, 과일도 먹었어요. 오자마자 아이를 씻겼는데 엄마를 만나게 해 준다는 말 때문인지 말도 잘 듣고 얌전해요."

이순의 말이 끝나자 방문이 열리고 서심과 유정이 나왔다. 유정은 남자 어른을 보자 무서웠는지 서심의 다리 뒤로 숨었다.

[아이/남자/무섭다]

유정의 행동을 보고 서심이 원석에게 말했다.

[이해하다/아이/괜찮다?]

[괜찮다/나/궁금하다/이순/아이/데려오다/어떻게?]

[나/똑같다/궁금하다]

원석이 수어로 대답했다.

"아이를 어떻게 데려오게 된 건지 자세히 알려 주세요. 아이가 엄마를 찾고 있었다고요?"

"네, 맞아요. 원석 씨라면 찾아 줄 수 있을 거라고 생각해서요. 제가 엄마를 만날 수 있게 해 준다고 하니 순순히 따라왔어요."

이순이 대답했다.

[아이/엄마/찾다/이순/생각하다/뭐?/나(원석)/아이/엄마/어디/곳/알다/아마]

원석은 이순의 말을 서심에게 통역했다.

"행정 공무원이 뭐라고 엄마의 행방을 찾을 수 있겠습니까? 저희는 그런 거 못해요. 그러면 지금 아빠한테 말도 안 하고 아이를 데려온 상황입니까?"

이순의 말을 듣고 있던 정민이 끼어들었다. 이순이 머뭇거리며 끄덕였다.

"이건 납치예요!"

정민의 목소리가 커졌다.

"납치라고 할 거까진 없잖아요? 그리고 집에 있는 그 남자는 아빠가 아니라고 했어요!"

이순은 정민의 말을 받아쳤다. 어떤 납치범이 아이를 씻기고, 밥을 먹이고, 과일까지 차려 줄까. 이순은 유정이 겁먹지 않게 하기 위해서 최선을 다했다. 엄마를 만나게 해준 뒤 다시 데려다주기 위해 집 위치까지 재차 확인했다.

"납치를 납치라고 하지 뭐라고 합니까. 누가 아빠가 아니라던가요? 아이의 말을 다 믿습니까? 경찰에 신고부터 하든가, 아니면 아이를 빨리 데려다줘야 해요."

정민은 일이 이렇게 흘러왔다는 사실에 머리가 지끈거렸다. 이순은 아이를 납치하고 공무원을 끌어들였다. 이 문제가 잘 안 풀린다면 정민과 원석은 중징계를 받을지도 모르는 상황이다. 하지만 원석은 집에 들어온 순간부터 유정에게 눈을 떼지 못하며 이런 일에 대한 걱정은 전혀 하지 않는 것 같았다.

"그 전에 아이한테 물어볼 게 있습니다. 아이에게 아동 학대가 있었는지 확인하는 게 가장 중요해요. 혹시 물어보셨나요?"

"아뇨. 물어보진 않았어요. 씻기면서 아이 몸을 보긴 했는데, 멍들어 있는 곳은 없었어요. 이상한 점은 이른 아침부터 아이가 혼자 돌아다니질 않나. 어제 원석 씨도 보셨죠? 그때도 옷이 더러웠는데, 제가 빨아서 그렇지 어제 입던 원피스랑 똑같은 거예요. 그리고 무엇보다 아이가 너무 야위었어요."

이순이 한숨을 쉬며 대답했다.

"엄마 못 만나는 거예요?"

유정이 어른들의 대화에 날이 서 있다고 느꼈는지 이순에게 물었다.

"어머, 아냐. 유정아, 여기 선생님들이 꼭 만나게 해 주실 거야."

이순이 유정을 안심시켰다. 이순의 말에 정민은 또 크게 한숨을 쉬었다. 정민은 이순이 지키지 못할 약속을 하는 게 언짢았다.

"아저씨가 꼭 엄마랑 만나게 해 주고 싶은데, 그러기 위해선 아저씨한테 솔직하게 대답해 줘야 해. 그럴 수 있니?"

원석이 유정과 눈을 마주하며 물었다. 유정이 고개를 끄덕였다.

"집에 있는 아저씨가 아프게 한 적은 없었니?"

"조금요. 엄마를 보러 가자고 하면 안 된다고 화만 내요. 막 소리 질러요. 저는 아저씨가 너무 무서워요. 엄마가 보고 싶어요."

"엄마가 어디에 있는지 아니?"

유정이 고개를 저었다.

"계십니까?"

이때 현철이 이순의 집 문을 두드렸다.

"누구세요?"

이순이 대답했다.

"안녕경찰서에서 나왔습니다. 잠시 뭐 좀 여쭤보려고 하는 데 협조 부탁드립니다."

모두의 시선이 현관문에 쏠렸다. 서심이 무슨 일이냐고 원석에게 물었다.

[경찰/오다]

문에서 가장 가까이 있던 정민이 신발도 신지 않은 채 뛰어나가 문을 열었다.

"여자아이 찾고 계신 건가요? 여기 있습니다."

"네? 아니, 그쪽은 공무원 아니세요?"

현철이 정민을 알아봤다.

"맞습니다."

정민이 대답했다.

"아이를 데려가면 안 됩니다!"

원석이 유정을 안아 들며 말했다.

"지금 무슨 상황인 거죠? 설마 저번에 그 아동 폭력 신고?"

인범은 집 안에 모여 있는 사람 중 서심을 보자 얼마 전 들어온 아동 학대 신고가 떠올랐다. 파란색 대문집, 종규의 집을 말하는 거였다.

"맞습니다."

이순이 답했다.

"그렇다고 아이를 납치하면 어떡합니까."

현철의 목소리에 원망이 섞여 있었다.

"납치라도 하면 살죠. 아이가 죽지 않을 테니까."

원석이 싸늘하게 대답했다.

"납치범이 할 말은 아닙니다."

인범이 단호하게 말했다. 인범과 원석이 팽팽하게 맞섰다. 분위기가 심각해지고 사람들의 숨소리만 들렸다.

"다들 그만하세요. 아이가 있습니다. 저희는 아이를 납치하려고 했던 게 아니에요. 아이가 학대를 당한다고 생각해서 정말 그런 상황에 놓여 있는지 확인하고 싶었을 뿐입니다."

정민이 둘 사이에 끼어들었다.

"허 참. 일단 현철아, 최종규 씨 이리로 오라고 연락하고 본서에도 아동 찾았다고 전해."

"네."

현철이 이순의 집을 나가 종규에게 전화를 걸었다. 인범이 한숨을 쉬며 말했다.

"일단 그런 의도가 있다는 건 알겠습니다. 그래서 아동학대 증거는 찾았습니까?"

"아이가 엄마를 보고 싶어 하는데, 왜 못 만나게 하는 건지 모르겠습니다. 이건 정서 학대의 일종으로 생각됩니다.

이혼했어도 면접교섭권이 있을 텐데 아이에게 사정도 설명하지 않고…….”

인범이 원석의 말을 자르며 말했다.

“지금은 엄마를 만날 수 없어요.”

이 말에 서심을 제외하고 이순의 집에 있던 모두가 놀랐다.

“엄마가 어딨는지 알고 계신 겁니까?”

원석이 물었다.

“네.”

“어디예요?”

이순의 물음에 인범은 유정을 바라볼 뿐 대답하지 않았다.

“엄마 만나게 해 준다며! 거짓말쟁이들! 엄마!”

유정이 원석의 품에서 발버둥 쳤다.

“유정이도 알 권리가 있어요.”

원석이 유정의 등을 토닥이며 달랬다. 유정의 말이 맞았다. 병원에서도 어른들은 유정에게 엄마를 만나게 해 주겠다고 약속했다. 하지만 그 약속을 지킨 사람은 지금까지 아무도 없었다.

“엄마는 병원에 있어요.”

인범이 나지막하게 말했다.

“네?”

정민과 원석이 놀라 되물었다.

"열흘 전에 교통사고가 났습니다."

"설마, 엄마가 죽었……."

이순이 무심코 짐작되는 생각을 입에서 꺼내려다 곧 도로 삼켰다. 유정은 계속 엄마를 부르며 울었다. 쉽게 진정될 것 같지 않았다.

"아동 학대도 오해입니다. 아이를 학대한다는 사람이 오늘 애를 찾으려고 얼마나 뛰어다녔는지 아세요?"

인범의 말이 끝나기 무섭게 종규가 빌라 계단을 뛰어 올라오는 소리가 들렸다. 현철이 종규와 함께 들어왔다.

"유정아!"

종규는 유정을 안고 있는 사람이 누군지 바로 알아보았다. 어젯밤 종규에게 아동 학대를 하지 않았느냐고 물었던 남자였다. 자신이 술을 마시게 만든 사람, 아이를 잃어버리게 만든 원흉이 아이를 안고 있었다.

"도대체 뭐 하는 짓입니까!"

종규가 원석을 향해 소리를 질렀다.

"아버님, 진정하세요."

현철이 종규를 말렸다. 정민도 일촉즉발 상황에 긴장했다.

원석은 어젯밤처럼 떨지 않았다. 원석의 품 안에는 심장이 뛰고 있는 아이가 있었기 때문이다.

"저는 아동 학대로 아이를 잃은 적이 있어요. 유정이도 잃을 수는 없습니다."

원석이 종규의 시선을 맞받아쳤다. 원석도 유정만큼 용기를 내고 있었다. 이 아이를 지키기 위해서, 아이가 추구하는 안정을 되찾아 주기 위해서 말이다.

"저는 아동 학대를 한 적이 없습니다! 아이를 때린 적이 없어요!"

"정말 없으신가요? 아이가 이렇게 말랐는데? 아이에게 엄마가 어딨는지도 얘기해 주지 않고! 윽박지르는 것만으로도 학대예요!"

종규는 할 말을 잃었다. 술을 마시면서도 몇 번씩 생각하던 문제였다. 어떤 말을 아이에게 해 줘야 하는 건지 인터넷에 검색해 봐도 정답이 없었다. 저러다 다연이 죽는다면 유정에게 돌이킬 수 없는 상처를 줄 것 같다는 걱정뿐이었다. 병원에 대한 기억도 좋지 않을 것 같아 엄마가 병원에 있다는 얘기도 꺼내지 못했다. 이제 와서 생각하니 다 쓸데없는 변명이었다. 종규는 이내 고개를 떨구었다.

"아이에게 아빠가 되지 못했습니다."

"아버님, 배에서 내린 지 얼마 안 되셨잖아요."

현철이 종규의 어깨를 두드리며 위로했다.

"그게 변명이 될 순 없겠죠. 아이한테 소리 지른 거 맞습니다. 엄마가 어딨는지 말 안 해 준 것도 맞아요."

종규는 그대로 무너졌다. 부모를 지키지 못했고, 다연이도 지키지 못했다. 아이에게 소리를 지르고 술을 마시는 모습만 보였다. 아빠로서 실격이었다.

◆ 17

교통사고가 있던 다음 날, 유정은 병원에서 눈을 떴다. 눈을 뜨자마자 엄마를 찾았다.

"엄마……."

하지만 유정의 손을 잡고 있던 사람은 엄마가 아닌 낯선 노부부였다. 유정은 처음 보는 종규의 이모 내외였다. 종규의 이모는 유정을 붙잡고 통곡했다.

"내가 애미 애비도 없는 애 며느리로 들이지 말라고 했는데! 내가 그렇게 말렸는데! 아이고, 우리 언니 어떡하니, 이 불쌍한 것은 또 어떡하고."

유정은 자신을 붙잡고 울면서 화를 내는 낯선 어른들이 무서웠다. 병원을 나와서는 할머니, 할아버지 사진이 흰색 꽃에 둘러싸인 곳에 있었다. 유정은 향냄새가 싫었다. 어른들이 절을 하는 것도 이해할 수 없었다. 유정은 매일 엄마를 찾았는데, 만나는 어른마다 열 밤이 지나면 엄마를 만날 수 있을 거라고 했다. 유정은 빨리 열 밤이 지나길 바라며 눈을 감았다. 열 밤 후, 유정은 종규를 만났다.

"니 애 데려가라."

"이모님."

"우리 언니, 형부 장례식은 내가 잘 끝냈다. 내가 그토록 말렸거늘. 애 엄마가 어찌 되려는지는 모르겠지만 나랑 더 이상 연락하고 지내지 말자. 나는 할 도리 다 했다고 본다."

유정은 어른들의 말이 무슨 뜻인지 몰랐다. 다만 할머니를 닮은 사람이 화가 많이 났다는 것과 종규의 기분도 좋지 않다는 것을 어렴풋이 느낄 뿐이었다. 유정은 종규와 집으로 돌아왔다. 유정은 이곳에 엄마가 있을 거라고 믿었다. 하지만 다연은 어디에도 없었다.

"나 엄마 보고 싶어!"

"엄마는 지금 볼 수 없어."

"아냐, 엄마 보러 가! 엄마 보러 가!"

"안 된다니까!"

유정은 날마다 울며 엄마를 보러 가자고 졸랐다. 종규는 마음이 찢어질 듯이 아팠다. 종규도 유정에게 엄마를 보여 주고 싶었지만, 다연이 있는 중환자실은 면회가 불가능했다. 무턱대고 언제 일어날지 모르는 다연을 기다리

기 위해 어린 유정과 병원 복도를 전전하는 것도 무리였
다. 결국 종규는 유정에게 안 된다는 말밖에 할 수 없었다.

유정이 마당을 구르며 떼를 써서 옷이 더러워졌다. 옷을
갈아 입자고 말하면 공주 옷을 입고 엄마를 봐야 한다며
악을 쓰고 울었다. 옷에 진흙이 묻고, 새똥이 묻어도 유정
은 고집을 굽히지 않았다. 종규는 결국 마당 수돗가에 호
스를 연결해서 유정의 옷에 물을 뿌렸다. 차가운 물이 몸
에 닿자, 유정이 자지러지게 울었다. 어떻게 이렇게나 종
규의 마음을 모르는 건지 답답했다. 종규는 말없이 눈물을
흘리며 유정의 원피스를 툭툭 털었다.

"엄마, 엄마, 엄마!"

유정은 엄마라는 단어 말고 다른 말을 모두 잊은 것 같
았다. 종규는 아이를 다루지 못해서 속이 타들어 가는 기
분이었다. 그럴수록 유정에게 야속한 마음이 생겼다.

"그만 울지 못해?"

매일 소리를 지르고 싸우는 나날이었다. 밥을 먹으라고
하면 엄마가 해 준 계란말이를 달라고 울었고, 계란말이를
해 주면 이게 아니라고 울었다. 종규는 유정이 일부러 자
기를 괴롭히는 것 같다는 생각까지 들었다. 종규도 점점
지쳐 갔다.

◆ 18

종규는 그동안 있었던 일을 모두 말했다.

"죄송합니다. 저도 힘들었다는 말은 핑계가 될 뿐이겠죠. 아이를 잘 먹이지도 못했어요. 죄송합니다. 정말 어떻게 해야 할지 몰라서……."

종규가 바닥에 엎드려 울기 시작했다. 이순은 천천히 종규에게 다가가 어깨를 토닥였다. 원석은 품에 안고 있던 유정을 내려놓았다. 유정은 머뭇거리더니 종규에게 다가가 눈물을 닦아 주었다. 종규는 그런 유정을 안은 채 또 한참을 울었다.

[아빠/유정/사랑하다/하지만/방법/모르다/원피스/털다/보다/오해/뭐?/아이/때리다]

원석이 서심에게 상황을 전했다.

[이해하다/종규/울다/진심/같다]

134

서심은 종규의 마음에 공감한다는 표정을 지으며 말했다.

[나/불안/있다]

하지만 원석은 종규의 말을 믿어야 할지 판단이 서지 않았다.

[살피다/필요하다]

서심은 원석을 안심시키려는 듯 담담한 표정을 지어 보였다.

"말없이 아이를 데려온 건 정말 죄송합니다."

이순이 고개를 숙이며 사과했다.

"아닙니다. 유정이가 깨끗해요. 저는 제대로 씻기지도 못했어요. 딸기 향도 나네요. 아이가 잘 먹던가요?"

"잘 먹었어요. 하지만 다 엄마를 만나게 해 주겠다고 거짓말을 했기 때문이에요."

이순이 대답했다.

"악!"

그때 서심이 짧게 비명을 질렀다. 서심의 원피스 아래로 양수가 흐르기 시작했다.

"양수가 터졌어!"

이순이 소리쳤다.

[아프다]

서심이 다급한 눈빛으로 수어를 했다.

"현철아! 119!"

"이불, 이불!"

이순이 방으로 뛰어가 이불을 가지고 나왔다. 종규는 유정을 안아 들었다. 정민과 원석이 이순이 가져온 이불을 넓게 펼쳤다. 서심을 그곳에 눕히고 얼마 지나지 않아 구급대가 도착했다. 구급대원이 이순을 들것에 옮겨 구급차에 태웠다.

"보호자가 누구십니까?"

"제가 따라갈게요."

원석이 말했다.

"괜찮겠어?"

정민이 원석에게 물었다.

"그럼요. 이분 농인이셔서 수어 통역도 필요해요."

"그래, 다녀와."

정민은 원석을 응원해 주기로 했다. 정민을 바라보는 눈빛을 보니 원석은 어제보다 성장해 있었다.

벚꽃잎이 흩날리는 날 서심이 동사무소를 찾아왔다. 아이
의 출생신고를 하기 위해서였다. 그동안 많은 일이 있었
다. 종규는 이순에게 요리를 배우기 시작했고 다연은 기적
적으로 의식을 차려 일반 병실로 옮겨졌다.

　종규는 종종 유정을 이순에게 맡겨 놓고 병간호를 다녀
오기도 했다. 전해 듣기론 어느 날은 유정이 다연의 품에
네 시간 동안 안겨 있고 나서야 집으로 올 수 있었다고 했
다. 원석은 그런 유정의 모습을 상상하니 웃음이 나왔다.

　원석도 항불안제를 끊게 되었다. 종규의 사과를 통해 원
석은 깨달은 것이 많았다. 부모와 아이의 관계, 아동 학대
에 관해 심도 있게 배우고 싶단 생각도 들었다.

　시청에서 '아동학대 전담 공무원'을 지정한다는 공문이
왔다. 원석은 지원서를 제출했다. 아마 다음 인사에 반영

될 것이다.

"주무관님, 우편이요."

은혁이 원석에게 등기 우편물을 건네주었다. 이순의 자녀가 보내 온 부양의무자 단절 소명서였다.

『 많은 시간 엄마를 그리워했습니다.

어머니와 단절된 채 살고 싶지 않습니다.

어머니를 보고 싶어요. 』

이순에게 다가올 빛도 보였다.

◆ 작가의 말

『여기는 안녕시 행복동입니다』는 아동 학대에 관한 인식 변화와 사회의 따뜻한 관심이 필요하다는 생각으로 시작한 소설입니다. 아동 학대를 떠올리면 폭력적인 면을 생각하기 쉽습니다. 아이가 피를 흘리며 쓰러져 있다면 눈에 띄지만, 정서적 학대로 서서히 야위어 가는 것은 눈에 잘 띄지 않습니다. 이웃들의 따뜻한 관심이 아니라면 쉽게 찾을 수 없습니다. 저는 그 따뜻한 관심을 좋아합니다. 보통 쓸데없는 오지랖으로 불리는 것들, 이 이야기는 그런 마음을 갖고 있는 사람들을 다뤘습니다.

요즘은 소설의 결말 부분처럼 시·군별로 전담팀이 생겨날 정도로 아동 학대에 관한 사회적 관심이 커졌습니다. 24시간 신고를 할 수 있고 언제든 아동 학대 전담 공무원과 연결할 수 있습니다. 이 책을 읽어 주신 독자들도 주변의 아이를 따뜻한 시선으로 살펴봐 주시길 바랍니다.

책을 발간할 수 있도록 도와 주신 출판사 픾 맹현 대표님, 풍경놀이터 구본순 대표님, 편집을 도와 주신 송현정 작가님, 매일 밤 구글미트로 만난 소설가 3인방, 집필을 응원해 준 회사 동료들, 주짓수 관원들, 나를 믿고 지지해 주는 가족들, 무한한 사랑을 보내 주는 남편, 무엇보다 글을 쓰는 모든 시간 동안 내 옆에 함께해 준 사랑스러운 작은 고양이 미쯔에게 고마운 마음을 전합니다. 여러분이 있어서 저의 첫 책이 세상 밖으로 나오게 되었습니다.

소통을 두려워하지 않고 적극적으로 나서는 농인 서심은 제가 닮고 싶은 사람입니다. 저는 세상과 소통하는 일에 두려움이 많았습니다. 이 책을 통해서 저도 세상과 소통하게 되었습니다. 앞으로 더 노력하고 성장하는 작가가 되겠습니다. 감사합니다.

안녕시 행복동에서 건네는 안부,
우리는 안녕한가요

인터뷰·기록 송현정

소설을 쓰게 된 계기가 궁금해요.

중학생 때 이영도 작가의 『드래곤 라자』를 읽으며 소설의 재미를 알게 되었어요. 판타지에 담긴 철학적 개념을 발견하는 순간이 정말 좋았어요. 자연스레 나도 이런 글을 쓰고 싶다는 생각이 들었어요. 학창 시절에는 소설 동아리를 만들어서 활동하기도 했고요. 그 뒤로도 저를 거쳐 간 작품이 정말 많지만 저를 글쓰게 한 결정적인 작품은 조남주 작가의 『82년생 김지영』이에요. 한국 사회에서 여성이 겪는 부당함이 작품 속 김지영의 삶에 은은하게 녹아 있었어요. 작품을 반복해 읽으며 주제 의식을 전면에 드러내지 않고도 부드러우면서 강력하게 메시지를 전할 수 있는 글을 써 보고 싶어졌어요.

왜 '글'이어야 했을까요.

　남편에게 제가 느끼는 불편함을 이야기하면 남편은 '너의 생각을 남에게 강요하지 말라'고 지적해요. 말로는 제 생각을 직설적으로 표현하게 되지만 글로는 부드러울 수 있을 것 같았어요. 내가 사회에서 느낀 문제점을 공론화하고 타인을 설득하는 일을 글로 할 수 있겠다고 생각한 거죠. 단번에 광역으로 이슈를 퍼트릴 수 있는 매체를 다루고 싶어서 드라마 작법을 배우기도 했어요. 『82년생 김지영』도 동시대를 사는 사람이라면 누구든 한번은 여성 차별 이슈를 짚고 넘어가게 했잖아요. 작품 속에 내가 말하고 싶은 주제를 부드럽게, 천천히 녹여 내고 싶었어요.

작품을 통해 건드리고 싶은 우리 사회의 단면이 있을까요?

　복지 업무를 담당할 때 한겨울에 얇디얇은 옷을 입고 저를 마중 나온 아이를 보고 당황했던 경험이 있어요. 아이 양육을 위해 복지 서비스를 신청한 가정의 아동이었는데 제 눈에는 전혀 보호받고 있다고 보이지 않았어요. 여덟 살 아이의 몸무게가 이십 킬로그램이 채 안 되는 야윈 상태였으니까요. 그런데 제가 손쓸 방법은 없었죠. 공권력으로는 당장 그 상황에 개입할 수 없었거든요. 결국 이 아이는 가정을 나와 그룹홈에 입소했는데, 그 계기가 이웃의 신고였어요. 한겨울에 아이 아빠가 아이를 찬물로 씻긴다는 신고 덕분에 아이를 구조할 수 있었죠.

지금은 전담 공무원이 생기고 365일 긴급 상담이 가능할 정도로 아동 학대에 대한 지원이 촘촘하게 이루어지고 있지만 여전히 학대받는 아이들이 존재해요. 아동 학대를 폭력에 국한해 생각하면 사각지대에 놓인 아이들을 놓칠 수 있다는 것을 모두가 알았으면 했어요. 부모의 부정적인 감정에 무방비로 노출되어 정서적 위협을 받는 아이, 무관심에 방임되는 아이에게까지 문제의식을 느꼈으면 하는 마음을 담았어요.

작품의 배경이 요즘 명칭인 행정복지센터가 아닌 동사무소인 이유가 있나요?

행정 복지 서비스를 제공하는 국가기관의 명칭이 동사무소에서 주민센터를 거쳐 지금은 행정복지센터로 바뀌었지만 여전히 동사무소로 인식하고 계신 분이 많아요. '동'이 주는 친근한 어감으로 지역공동체에서 느낄 수 있는 소속감을 표현하고 싶었어요.

동사무소에서 근무한 경험은 없지만 시청 통합조사관리팀에서 복지 업무를 담당했어요. 작품 속 원석이 과거에 했던 일과 같은 업무예요. 동에서 접수된 민원이 시청으로 넘어오면 실사하는 일을 했죠. 복지 서비스의 중간 과정에서 일하며 서비스 흐름을 처음부터 끝까지 파악하고 있어서 그 과정을 작품에 녹여낼 수 있었어요.

공무원이며 소설가라니 흥미로워요. 실제 업무를 작품에 담는 데 거리낌은 없었나요.

공무원을 등장시키는 것이 아무래도 조심스러웠어요. 내가 몸담은 조직에 관해 써야 한다는 생각에 표현을 절제한 부분도 있을 거예요. 좋지 않은 모습은 배제하고 싶기도 했고요.

솔직히 말하면 원석의 행동이 공무원답진 않아요. 이렇게 적극적인 공무원이 세상에 있을까요? 드라마 〈슬기로운 의사생활〉 속 의사가 현실에 존재하지 않는 것과 같죠. (웃음) 그렇지만 소극적인 모습을 보여 주고 싶지는 않았어요. 비록 동료인 정민을 법에 저촉되는 일을 하지 않는 성격으로 묘사하고, 학대받는 아이를 구조하는 상황에서 징계받을 것을 걱정하는 고지식한 캐릭터로 설정했지만 따뜻한 성품이어서 원석과 함께할 수 있었다고 생각해요.

아동 학대를 소재로 하고 있지만 소설이 무겁지 않았어요. 저는 재미있는 소동극으로 읽었거든요.

이 작품이 아동 학대에 관해 이야기하고 있긴 하지만 작품을 관통하는 주제는 '오지랖'이라고 생각해요.

저는 오지랖을 좋아해요. 남을 돕고 싶고, 조언을 건네고 싶지만 제가 잘 듣지 못하니 위축되어 선뜻 나서지 못하거든요. 그래도 부릴 수 있는 오지랖은 부리며 살아요. 이웃과 마주치면 가벼운 안부를 묻고, 소설 속 이순이 서심에게 식혜를 가져다 주는 것처럼 아랫집 할머니 생신 선물을 챙기기도 하고요.

제가 아파트 25층에 사는데 엘리베이터를 타고 내려오면 아래층 주민이 한참 동안 기다렸다 엘리베이터를 타시잖아요. 오래 기다리며 짜증이 났을 법도 한데 밝게 인사를 건네면 웃으며 받아 주세요. 한 번의 인사만으로 분위기가 편안해지는 것을 경험하고 나니 더 많은 사람들이 서로에게 관심을 가지고 마을 공동체의 따뜻함을 느끼며 살았으면 좋겠다는 생각이 들어요.

오지랖이라는 단어에 선의를 담아 쓰는 경우는 드물죠. 작가님이 생각하는 오지랖의 정의는 무엇일까요.

과하지 않은 부드러운 선의라고 생각해요. 약간의 집요함을 포함한. (웃음) 예를 들어 아동 학대가 의심되어 도움이 필요한지 물었을 때 거절의 답변을 듣고 거기서 물러나면 절대 문제를 발견할 수 없겠죠. 선을 넘는 집요함이 필요한 순간이에요. 식당에서 어떤 가족이 식사를 하는데 한 아이만 유독 밥을 제대로 못 먹는 모습을 목격한 종업원이 상황을 의심하고 신고해서 아동을 구했다는 뉴스를 본 적이 있어요. 이게 제가 생각하는 오지랖이에요. 아이가 음식을 먹지 않는 데는 다양한 이유가 있을 수 있지만 관심을 갖고 한 번 더 살펴보는 거죠.

소설 속 등장인물도 작은 신호를 놓치지 않는 사람들이에요. 이런 오지랖이 있어야 사회가 따뜻하게 굴러간다고 생각해요. 타인에게 손을 내미는 사람이 많아졌으면 해요.

작품 속 서심이 수어로 대화하는 장면에서 따옴표(" ")가 아닌 대괄호([ ])를 사용한 형식이 낯설어요.

수어와 가깝게 표현해 보고 싶다는 생각에 단어를 나열하는 수어 표기법을 사용했어요. 한국어와는 달리 수어에는 조사가 없어요. 수어로는 [밥], [먹다]의 나열인데 한국어를 사용하는 청인(청각장애인에 상대하여, 청력의 소실이 거의 없는 사람을 가리키는 말)은 머릿속에서 자연스럽게 조사를 붙여 '밥을 먹다'로 이해하죠. 청인의 뇌로는 문장에서 조사를 생략하는 게 불가능할 거예요. 평생 써 온 언어에 조사가 있으니까요. 저만 해도 수어를 보고 자연스럽게 조사를 넣어 해석하거든요.

제가 수어를 문자로 완벽하게 표현했다고 생각하지는 않아요. 수어를 언어로 사용하고 있는가 하는 질문에 확답할 수도 없고요. 흉내만 낸 거죠. 그럼에도 이 글을 읽는 독자께서 수어에는 조사가 없다는 것, 수어는 단어의 나열로 조합된다는 것 정도는 알게 되면 좋겠다고 생각했어요.

이런 생각을 한 특별한 이유가 있나요.

　저는 열여덟 살까지 잘 듣다가 사회에 나올 즈음 청력을 잃었기 때문에 정체성이 모호해요. 청인이 아니지만 완전한 농인(청각에 장애가 있어 소리를 듣지 못하는 사람)도 아니죠. 농인과 청인 사이 어딘가에 존재할 거예요.

　청각장애인 대상 여행 프로그램이 있었는데 지원서를 제출하면 참가자를 선정하는 방식이었어요. 저는 별다른 어려움 없이 문장으로 지원서를 작성해 선정되었죠. 그런데 전농(청력이 완전히 손실된 상태인 청각장애인)인 분이 화를 내며 '농인 대상 프로그램의 심사 기준이 문장력인 것이 말이 되느냐'라고 하시는 거예요. 그때의 여행이 어땠는지는 기억이 나지 않는데 그분이 하신 말씀은 지금도 정확히 떠오를 정도로 큰 충격이었어요. 듣지 못하는 사람은 읽고 쓰는 감각이 발달했을 거라 생각했는데 전혀 아니었던 거죠.

　청각장애인은 개개인의 청력이 모두 다른 데다 각자가 처한 상황도 너무 달라요. 제 주변만 해도 아빠는 어릴 때부터 듣지 못했고 글과 친하지도 않고요. 동생은 어릴 때부터 못 들었지만 인공와우 수술을 빨리해서 듣고 말하는 데는 문제가 없죠. 그런데 이런 부분들이 다른 장애와 달리 겉으로 드러나지 않아요. 청각장애인은 눈에 잘 띄지 않는 것 같아요.

저는 어디를 가든 수어 통역사가 배치되어 있으면 일부러 다가가 수어로 말을 걸어요. 농인이 존재한다는 것을, 수어 통역이 필요한 사람이 있다는 것을 보여 주려고요. 작품에 농인을 등장시키고 수어 표기법을 사용하는 것도 같은 이유예요. 농인과 청인의 교집합에 살며 둘의 입장을 모두 이해하고 있는 사람의 역할을 하려고 해요.

작가님을 계속 쓰게 하는 힘은 무엇인가요?

분노가 글쓰기의 원동력이라고 이야기해요. 제가 불편한 게 좀 많아요. 문제의식을 가진 만큼 불편함이 커지죠. 내가 불편을 느끼는 상황을 타인은 인식조차 하지 못한다는 데 분노를 느껴요. 불편한 감정을 해소할 때 글이 술술 써지더라고요. (웃음) 불편함에서 오는 분노가 저를 움직이지만, 끝내 편안해질 거라는 믿음으로 글을 쓰고 있어요.

소설을 읽는 사람마다 다른 층위의 의미를 해석해 내겠지만, 그래도 독자에게 닿았으면 하는 점이 있다면요.

혐오의 시대라고들 하죠. 저는 노 키즈 존(no kids zone)이 존재한다는 사실이 너무 불편해요. 차별과 혐오로 이어지는 문제라고 생각하고요. 어딘가에 '노 동양인 존'이 있다고 하면 인종 차별이라고 제재하겠죠. 그런데 노 키즈 존은 우리나라에서 어느 정도 사회적 합의를 얻은

듯해요. 아이를 살피지 않는 부모들 때문에 운영이 불가피하다고 해도 어른의 문제이지 아이의 잘못은 아닌데 말이죠. 제가 자란 90년대에는 아이들이 지금보다 훨씬 많았죠. 지금보다 더 시끄러웠을 거고 활개치며 뛰어놀았을 텐데 그걸 용인해 준 어른들이 있었어요. 그때는 가능했고 지금은 안 되는 이유가 뭘까 고민하게 돼요. 불편함에서 시작해 세상이 나아지는 부분도 있지만 선을 넘어 혐오가 되어서는 안 돼요. 좀 더 부드러운 세상을 만들기 위해 함께해 주셨으면 좋겠습니다.

핌 소설 시리즈 01
여기는 안녕시 행복동입니다

초판 1쇄 인쇄 2024년 11월 15일
초판 1쇄 발행 2024년 12월 10일

지은이   한송희
펴낸이   맹수현
펴낸곳   출판사 핌
출판등록   제 2020-000269호 2020년 10월 6일

주소   서울시 마포구 신촌로2길 19, 3층
이메일   bookfym@gmail.com
팩스   02-6499-5422

편집   맹수현, 송현정
디자인   스튜디오 하프-보틀Studio Half-bottle
인쇄   천광인쇄사

ISBN 979-11-988088-3-7